荆棘与花冠

徐丽萍　著

新疆生产建设兵团出版社

徐丽萍:汉族,祖籍江苏。中国作家协会会员、中国诗歌学会会员,新疆石河子作家协会副主席,《绿风》诗刊副主编。

在《诗刊》《星星》《绿风》《诗潮》《诗林》《绿洲》《西部》《上海文学》《黄河文学》等文学期刊发表诗歌、散文千余篇。2011 年进入“新疆新生代作家榜”。诗集《目光的海岸》获得新疆兵团农八师“五个一工程”奖,散文集《升腾与绽放》获得首届绿风文艺奖散文类二等奖,诗集《吹落在时光里的麦穗》获得首届绿风文艺奖诗歌类二等奖。2018 年获得新疆兵团第八师石河子市第十六批拔尖人才称号。2018 年组诗《升腾与绽放》获得全国绿风诗歌奖二等奖。

已出版个人著作 4 部:诗集《目光的海岸》《吹落在时光里的麦穗》,散文集《升腾与绽放》《雕琢心灵》。

她居住在自己诗歌的宫殿里

——序徐丽萍诗集《荆棘与花冠》

曲 近

30多年前，徐丽萍就在老牌诗歌名刊《星星》上发表诗歌作品，那时她还是一个中学生，足见她的才气和灵性，说明她有写诗的天赋。早慧的徐丽萍从中学时期开始热爱诗歌至今，这一路走来，诗龄也不短了，写诗成了她一生的精神追求和心灵陪伴。很多时候，她都是活在诗歌奇幻多彩的世界里，那样的诗歌意境能够使她短暂地忘记现实中的痛苦、悲凉、失落、孤单和无助，心里获得少许的宁静。

只有心灵加手巧的人，才能把荆棘编织成花冠。倾其一生，她用诗歌，为自己加冕，于诗而言，她是幸运的。

诗集《荆棘与花冠》是徐丽萍的第五部作品集，品读这部诗集的感受远远超出了我的预期，因为全是近期新作，我为有幸成为这部诗集的第一个读者而感到高兴，也替她欣慰。品读这些诗作是一种享受，那些文字深深触动了我内心敏感而脆弱的部分，引起了共鸣。

《荆棘与花冠》里的诗，在言情与说理方面，达到了一定的深度与广度，这是一种喜人的进步。

爱情是人类的永恒主题。在每一个人的生命过程中，对于爱情的向往与追求，既是与生俱来的，又是无师自通的，更是人类独有的。

每一个诗人都是一个独特的叙述主体，在活跃的思维渐入诗歌佳境时，不自觉地一步步把文字训练成精灵，它们或舞蹈，或飞翔，或歌唱，营造出轻松愉悦的气氛。这时候诗人的灵魂呈现半人半仙半妖的状态，达到一种物我两忘的创作境界，灵魂感受到被诗意地抚慰和安妥。

在徐丽萍的诗中，多次出现“颠覆”“暴动”这样的词，这是因为她经历了太多的苦难，活得过于压抑，心理负担太重而对命运发出抗争的控诉和呐喊。没有谁天生就坚强，都是后天的磨难淬炼出了人的内心强大、坚硬，在喘息中支撑起生命里的一切重压。

穿过炼狱的灵魂，一定是一颗晶莹剔透的琥珀。

《荆棘与花冠》里的诗，与她早期的诗比较，理性多于感性，但情感依然炙热滚烫，思绪也更加凝重峻拔，一切都拓展得开阔，也收拢得自然，没有雕琢的痕迹，这是一种臻于成熟的表现，上升到她诗歌创作水平的一个新高度。

在《荆棘与花冠》里，爱情诗、亲情诗、正论诗，语言无不具有一种潜在的尖锐，使读者产生触痛之感，禁不住掩卷长思。感觉到她把一些诗写成了刀子，锋芒深深扎进读者的心里，叫你有一种说不出的荡漾的痛，这或许就是一种笔力，让你无法回避也无法抗拒。

敏感、冷峻、开阔、睿智，悲情、浪漫、幻想、好奇，是徐丽萍诗歌的突出特质。一个弱女子内心的强大全部铸进了每一首诗的字里行间，呈现钙质的刚硬。她的诗，没有虚张声势，没有故弄玄虚，全都是发自内心的奇崛冷峻之声。

把爱和命都铸进诗行里，这就是诗人徐丽萍，她的感情，她的命运，这些裹着烟火的文字，都带着最醒目的血肉、骨头、眼泪，呈现于读者面前，在读者的胸腔里产生震动和撞击，让人为之动容。“你也用无数根银针　向我/投射它们疼痛的记忆/对你的想念堆积成一座山/压在我露珠一样脆弱的心上/等待让人绝望　也让人疯狂/未来漫长的旅程　没有你的照耀/我也会拼尽所有的光芒　照亮自己”（《思念的形状　是不一样的》）。向往又胆怯，这种忐忑不安的矛盾心理，契合了一个女性羞涩含蓄的内心活动，于是她写道：“多像一只闪亮的鱼钩/让我怦然心动/又慌忙躲藏/不动声色的大海/总是无风起浪/我假装自己不是一条鱼/你也假装自己仅是一只饵/在蓝得令人窒息的海底/这情感的游戏　是致命的危险……”（《一条鱼的修行》）。发自内心地感谢心上人的爱带来的幸福与烦恼，小心翼翼地自言自语着暗自表白：“感谢你配合了我的单相思/感谢你用沉默温柔的方式/陪我度过内心最危险的时刻/你没有拆穿我/情不自禁投给你的橄榄枝/我把堆积如干草垛一样/易燃的专注/投射到你的背影里/那些倾泻而出的思念/汇聚成强大的洪流/要将你我湮灭/……自始至终是我在演绎着/

一场自己的千古绝唱/我必须经过那样的/一个地狱淬火的阶段……”(《致敬你的温柔以待》)。尽管这样的爱有些凄美,甚至薄凉,但感人至深,弥漫着诗歌的魅力。

《谁不是深夜痛哭 清晨赶路》,当这个标题出现在眼前时,我被深深地震撼了。没经历切肤之痛的人不会有这种体会。读诗,果然是一首写亲情的,而且是生离死别的悲伤欲绝的泣诉与陈述:“谁不是深夜痛哭 清晨赶路/凌乱的行李里装着茫然的未来/一张清晨的车票 一袋远行的干粮/泥泞的小路尽头 落下母亲颤颤巍巍的身影/似乎轮椅上的父亲 用粗糙的手掌/擦去沟壑纵横的脸上的泪水/已故的父亲 也一定在送我/我咬紧牙关 头也不回地走进夜幕/黑夜里 我看见一家人围坐在餐桌旁/吃着粗茶淡饭的脸上洋溢着幸福/黑夜里 我看见23岁的姐姐/倒在风雪交加的回家的路上/与我们阴阳两隔 永不相见/黑夜里 我看见26岁的弟弟/在一场车祸中 五脏俱碎 撒手人寰 /黑夜里 我看见中年患病的哥哥 /浑身插满管子 在重症监护室里抢救/命悬一线 危在旦夕/这一个摇摇欲坠的家 /能靠谁的坚强臂膀来支撑……”这首诗读得能让人心里滴血。

没有一帆风顺的人生,也没有不磕磕碰碰的感情。从徐丽萍的诗中所透露出的生活的缺失,重压下对命运的抗争,经过苦难的挤压,留下来的,凝缩成了她的诗,这些诗充满了倔强、不屈、悲愤与抗争的质感。不管遇到多大的困难,她都没有对生活丧失信心,而是:“在低处 也千万别用跪着的姿势仰望/在高处 也千万别用鄙视的姿态俯瞰/不论位置怎么改变 千万别失去对生活的敬畏/用平等的心态来面对生活的荣耀或耻辱/奔跑或摔倒 旋转或飞翔/我看到蜗牛麋鹿雄狮羚羊/在草原竞相奔跑 肆意追赶/一只七星瓢虫舒展的飞翔 也不逊色于雄鹰/在低处的花朵 也能痛饮露水的甘饴/在低处的小兽 也能找到灵魂的栖息地/上苍总是一边创造万物 一边又温情地眷顾/赐予我们食物 让我们强健的身躯撑起理想/赐予我们爱 让我们孤苦的灵魂相互取暖……”(《从低处仰望》)。人有贫富区别,但灵魂是平等的,没有高低贵贱之分,做人不卑不亢是这首诗的主旨。

对于诗来说,不管它是主情还是主理,情都是非常重要的,是构成诗的基本要素,是诗的灵魂。情是诗的血肉,理是诗的骨骼,有情,诗才丰满,有理,诗才俊朗。在这个方面徐丽萍把握得比较到位。

当前把写诗当娱乐的人太多了,特别是新近诵读之风的推波助澜,越是在这种时候,越是对诗歌持有虔诚与敬畏态度的人,越是值得敬重。

对于徐丽萍来说，她选择一生只做一件事，就是写诗，为诗喜怒哀乐，以诗抚慰心灵，远离尘世喧哗，安静而落寞地陶醉在打造自己诗歌宫殿的梦幻里。

艺无止境。徐丽萍今后要走的诗歌之路还很长，需要付出的也更多，相信她会在自己的诗歌殿堂里睁大美丽的眼睛，继续好奇而睿智地打量着这个世界。

是为序。

目　录

第二辑
荆棘与花冠

第三辑
阳光正在生长

第四辑
散文诗:不可靠的时间

第一辑　像童话一样生活

我在你近旁　或者飞向远方
那些悲剧的爱情与我们无关
没有谁能阻挡心有所属的坚贞
我们陷落在彼此的深情里
像童话一样生活
像阳光一样生长

像童话一样生活

如果你像一滴雨滴　掉落在我的掌心
如果你像一缕春风　悄悄吹开我的心扉
请不要羞怯　这令人怦然心动的一瞬
是爱神将花瓣撒落人间的恩泽
月亮的白银　星星的眼眸
搭建的熠熠生辉的城堡
住着精灵与女巫　巨人与野兽
我乘着萤火虫透明的翅膀
像风一样舒展　自由穿行
请你到四处生长着新鲜的梦
到处盛开着奇花异卉的国度
让我们用智慧打开一座
通往宇宙自然奥秘的宝藏
我们逐水而居或携手飞翔
七色鹿伫立在湖畔守护
飞禽走兽都臣服于
此刻的温暖与宁静
幸福次第开放　涌现到我们眼前
我在你近旁　或者飞向远方
那些悲剧的爱情与我们无关
没有谁能阻挡心有所属的坚贞
我们陷落在彼此的深情里
像童话一样生活
像阳光一样生长

思念从左心房升起

我无法选择
没有任何一条途径是通向你的
我们中间隔着悬崖峭壁或茫茫海洋
像此岸与彼岸　像来世与今生
你是暗夜的花朵　爬满我的梦境
思念从左心房升起　从右心房降落
循环往复的痛　无始无终
旷野里的草　撂荒了多少春天
用花草虫鸣写下的情诗
和惶恐的处境
无处投递　也无处安放
我无法选择　玫瑰花关闭了它的心事
你的注视　无法穿透时空的墙
这刺在胸膛的　思念的针
飘起来　又沉下去
掉进夜幕的眼眶
我无法选择
没有任何一条路是通向你的

你总是和美好的事物在一起

你总是和美好的事物并肩走在一起
倾听每一朵花开　品尝每一颗新鲜的
带着呼啸的自由　让梦在暴风中生长
你是风想狂野就狂野　想轻柔就轻柔
你是令人心动的琴声　把悠扬的乐曲
演奏成一段记忆里最刻骨铭心的爱恋
你是灵感　拍动精灵的翅膀
在眼前在远方　在不可捉摸的地方
不可描述的恢宏跌宕　把传奇推向巅峰
在最高与最低的起伏中　寻找完美的弧线
你总是喜欢搅动风云　来一场生命的探险
你总是喜欢拥抱生活的缺憾与美
时而侠骨柔肠　时而英姿飒爽
你总是和美好的事物并肩走在一起

冰与火之歌(组诗)

我是冰

你看不透我
你不会知道　我的心是冰做的
这是春天也无法抵达的地方
是风信子花也无法染红的白
毫无生机　又顽固不化
用孤绝的表情对抗一切
你那娇艳的玫瑰　也点燃不了
一次浪漫的约会　你被拒之门外
成了一个孤独的影子
可是你无法预测这情感的温度
你无法揣测
一颗心在急剧降温的惊恐下
慌乱的表情　零度以下的艰辛
一堵透明的玻璃墙
把我们隔绝成两个世界的人
你看不透我
你不会知道　我的心是冰做的

我有冰的记忆

这些触手成冰的事物
累积在一起

寒冷的表情　聚集成山
一个忧郁的眼神
一句恶毒的诅咒
一次痛心疾首的别离
都在阻断阳光的进入
阻断花自如地开
破碎的爱情
像一场突如其来的寒流
痛苦使人变得苍白
苍白成一个单薄的纸人
站在风雪里的等待像一张孤独的网
一朵雪花　万千朵雪花
要埋葬一个显而易见的谎言
我有冰的记忆　雪的记忆
冷静又冷酷　洁净又明亮

我是火

你看不透我
你不知道　我心里也藏着一团火
是灶膛里　干柴烈火的火
是煤油灯下　温柔宁静的火
是旷野里　野性又魅惑的火
是灵魂深处　幽暗又狂放的火
这把被冰包裹着的火
是宇宙的一颗星辰
是埋在宿命里的一枚炸弹
它沉睡在一朵莲上
沉睡在蜻蜓的翅膀上
你不知道　冰是能包裹火的

你也不知道
火隐忍的时候更像冰
那些徒劳的旁观者　追逐者
用他们的箭镞　龟甲上的画符
无法打开一座城堡
一个沉睡的魔咒
而只要你的一个深情的注视
就能击碎冰甲　让我重获新生

我有火的记忆

我是火　是被黑暗包浆
被时间洗炼的火
是用泪水打磨的像水晶一样的火
它有风的形状　水的形状
它有万物的情感与风骨
幽暗悲怆又蕴含着热量
这原本也是爱情的模样
隐忍又克制　热烈又奔放
这些被深藏地底　被挤压
被岩浆淬炼过的火
有着玉石的冰冷与光泽
而你就深陷其中
成为火焰里最明亮的那一部分

冰与火之歌

所有记忆里的冰　记忆里的火
它们在炼狱的火舌中尖叫着
刺痛着　发出狂野的笑

或凄厉的哭声
它们妖娆的舞蹈或纵情的歌唱
都是生命的礼赞
我们找寻了一生
也无法得到的珍贵的爱
多像深藏在矿坑里的钻石
它熠熠生辉又光芒万丈
让我们爱而不得　又刻骨难忘
心变成冰　又变成火
就在这冰与火之歌中
爱情显示出它超凡脱俗的能量

我所有的热爱

我所有的热爱
都被囚禁在世俗的牢笼
我已经忘记了春天呼啸而过
草木欢呼的动人场面
忘记了火树银花不夜天
以及萤火虫提着灯盏的邀约
我的心在时间的沧海里
被冲击成一块石头
坚硬又柔软　孤独又任性

我所有的热爱
都被你　无限的光芒唤醒
我看见了一个全新的世界
词语们开始翻天覆地的暴动
每一个感官都活了过来
它们用倾听的方式　贴近灵魂的歌唱
这些被爱点燃的火
长出翅膀　涅槃成凤凰
这突然降临的幸福啊　漫无边际
我所有的热爱　都义无反顾地
热爱着你

今夜　我的星辰

今夜　所有的星辰都是我的
蓝丝绒的天幕上交相辉映的
是梦是幻　是你忧郁迷人的眼眸
这些忽远忽近的距离　在我们中间环绕
风的舞蹈　火的舞蹈　花朵的暴动
一浪掀过一浪　而月挂中天
它把皎洁　置换成酒
置换成舞榭歌台　置换成黄粱美梦
从夜的骨骼里抽出的万千柔情
粉碎我内心的坚硬　让我脱胎换骨
命运把我推进深渊　我又从深渊起飞
于是我变成暗夜里的火
带着闪电的巨大能量
今夜　所有的星辰都是我的
溢光流彩的夜幕上
让我为你轻轻写下爱的诗行

今夜　你是一杯烈酒

今夜　你是一杯烈酒
我的嘴唇了解真相
这些聚集在一起的味蕾
恍惚或迟疑　热烈又奔放
它们蓄谋已久的阴谋即将得逞
你这看似清醇的酒
却把我推进炼狱　推进火海
火用它的暴力　用它的狂热
摧毁一切　又塑造一切
而我就是火的精灵
这杯妖言惑众或原形毕露的雄黄酒啊
你把我从我的身体里唤醒
我就是妖就是魔　叠合成你的影子
我的血在你的血液里流淌
你的心在我的胸口跳动
今夜　你是一杯烈酒
我无法抵御这噬心刻骨的诱惑
那就一醉方休吧
那就醉生梦死在你的怀里吧
让我们变成仙　变成佛
变成我们向往的模样

今夜　寺庙的钟声
被黑暗掩埋

今夜　时间抽掉它的标尺
月亮侧转着笑脸
葡萄酒染红的夜色
轻轻抖动她性感的肩膀
城市在巨大的喧嚣中修行
用化骨绵掌或夜夜诵读
来化解一个人捂在胸口的痛
思念是一根埋在骨髓里的银针
这前世的仇怨或爱恋
跳出来拦路抢劫或横刀夺爱
爱情在酒窖里雪藏
它想用一剂药来治愈或毒害
一个弱女子　孤苦无依的诗行
今夜寺庙的钟声被黑暗掩埋
城市的灯火要燎原整个宇宙
今夜你就是一个醉倒在旷野里的人
把宿命的爱情交给黄昏
用深情的注视点燃黎明

离　场

记忆总是善变　把一些东西推远或拉近
亲情像常春藤　爬满斑驳的窗棂
某个瞬间　某种情境
我又回到一株豆荚的生活
兄弟姐妹们头牴头　簇拥在坚固的壳里
分食一滴甘露　分摊一缕阳光
旷野的荒凉　挡不住幸福的过往
这整整一个夏天的生长　蓄积豆荚一生的能量
秋天是一场暴动　它要亲手血刃朝生暮死的植物
那一声声惊心动魄的炸响
是离别的哀歌吗
一个豆荚里的亲人们　用生离死别的方式离场
我在废弃的葡萄园　寻找旧时光里丢失的亲人
他们瞬间出现又消失　听不见我撕心裂肺的哭喊
往后余生的点点滴滴　从此无人分享
亲情就是一个谜　它是堆积在记忆里的柴
等到寒风吹彻时　点燃篝火用来取暖

铁了心的爱情

铁了心的爱情　就是此生非你莫属
这像是一个赌注　又像是一次冒险
蒙住双眼的投注　是一次挑战也是一次考验
爱就爱它个义无反顾　死而无憾
从此　心里开出的每一朵花都是你
从此　漫山遍野的暖都是你
能舍弃一切　跟你远走高飞
也能低下头来　陪你共渡苦难
风雨同舟的日子　我们携手走过
坚苦卓绝的岁月　我们并肩作战
我们同甘共苦　又努力成长
我们创造辉煌　也播撒理想
这才是铁了心的爱情啊
它配得上天长地久
也配得上慷慨激昂
有时候　它又像一条小溪
欢快地流淌　孕育着希望

通向你的道路

通向你的道路
被你用泥石流冲落的滚石所阻断
你是想用抽刀断水的方式
把我内心的焦虑　逼上绝境
无法前进　也无法后退
你把通向我世界的道路彻底切断
只有一些风荡过来　又荡过去
让那一丝暧昧变成了痛
此刻的我　被万箭穿心
我们前世的仇怨　今生来结算
通向你的道路　你的王国
是我的欢歌　是我最后的归途
你却决绝地垒起一堵墙
是我翻越不了的藩篱
迟疑又无奈　心碎又彷徨
一座生长鲜花　也生长杂草的花园
靠近我　又远离
再不想追风引蝶　也不想开疆拓土
此刻　我只想眺望一下远方
看看那些四通八达　与我无关的道路
从此相忘于江湖　此生永不相见

逃离现场

那个拼命要挤进你心里的人
又逃一般地撤离　这狭小的空间
心变成废墟或硝烟弥漫的战场
那些被埋在灰尘里　甜得变味的记忆
被一列火车匍匐着捎向远方
一朵玫瑰花抽干了血色
一张照片撕碎的记忆
都在爱情的谎言里　显现了原形
用出逃的方式离场
或许是无法面对这心猿意马的
海誓山盟　与病魔对抗的焦灼
生活没有想象中美好
它总是横刀夺爱　节外生枝
一部恢宏的戏剧　黯然收场
乘着夜色　带着那些灰烬一样的片断
逃离灾难现场　用胜利者的姿态
用失败者的胸怀

忘乎所以的春天

真想用一滴酒来分摊今夜的月色
坠落在你眼睛里的星星　流转成银河
夜多惆怅　与你对饮成了一个奢望
我用一首诗悼念早已错失的青春
还有那么多懵懵懂懂的
青烟一样的思绪
那些胡乱堆积的迷恋
被不解风情的夜莺唱乱了曲调
爱情有点石成金的魔法
让人病入膏肓　又走投无路
那些狂乱又漫长的心疾
吹乱了一本书无序的章节
刀刃上左右摇摆的三尺白绫
向死而生　死灰复燃
或许　一滴泪就能淹死一片海洋
或许　一场醉就能颠覆一个
忘乎所以的春天

我跟我的憧憬走在一起

从一出发就确定方向的行走
是一场蓄谋　一次试飞的演练
或许行走是成长中必备的柴草
东一把风景　西一把风景
它们凑过来　喂养人类瘦弱的心灵
我们一路拼命捡拾的亲情的珍宝
又被大风吹散　被时间掩埋
遇见饥荒干渴　也遇见无限春光
遇见悲怆死亡　也遇见风花雪月
我们的行走
挣脱了时间与空间的枷锁
是开悟的过程　能点石成金
我追着一束光　自己也变成光
人迹罕至的地方也并非是绝境
与我并肩行走的人
落在了时间后面
而我跟我的憧憬走在一起
危机四伏也无所畏惧
我知道　我的前方
是枝繁叶茂生机盎然的未来

小情书

或许只有用交换信物的方式
才能确认这暧昧的情感
仅仅是擦肩而过时
碰撞出的火花四射
它大部分的情节还处于虚构中
一见钟情或日久生情
都令人沉迷或沉沦
波澜壮阔又宠辱不惊的现在
总是让人心绪不宁坐卧不安
暗恋是一味致命的毒药
要烧毁一段柔肠一曲哀怨
想念太久会让人颠狂
我看见的每一只飞鸟
每一只脱兔　都追随你
为你写的情诗　为你贴的花黄
西洲曲的红莲里有你
鸩鸠鸟的歌唱里有你
而你只是我太阳里的
一颗闪亮的黑子
不扩散也不激荡
离我不远也不近
像两条平行线
没有交集的爱
都停在虚妄里
没有拥抱的温情

就只能静止在冬天
我的千言万语和一颗真心
折成的情诗
永远无处投递　无处安放
一封冬日里的小情书
一曲百转千回的乐曲
缘起缘灭　婉转悠扬

森林音乐会

有时一只蝴蝶会带我到一片森林
奇花异卉四处奔跑　随意开放
它们姹紫嫣红　招风引蝶
夜晚它们化成精灵　飞上天空
猫头鹰是夜晚的守护神
夜坠落在它铜铃般的眼睛里
变得安静诡异　变化莫测
悲情的歌唱　让梦辗转难眠
金色的小松鼠从松果的壳里托起太阳
羚羊　麋鹿　雄狮　孔雀
它们在太阳的金辉中　欢快地舞蹈
森林音乐会拉开它神秘的面纱
风琴　小提琴　圆号　萨克斯
竹笛　竖琴　古筝　二胡
欢快的音符唤醒了沉睡的圆舞曲
我此时沉醉于一首诗的意境
坐在风里听风　坐在星空下细数繁星
我无法从一个又一个的迷梦中醒来
你就是这样一座隐秘的森林
吸引我一步步陷落在你悠扬的变奏曲里
森林音乐会用它舒缓安适的节奏
治愈我笨拙迷惘的　幽怨的时光

大朵大朵的太阳

天阴沉着脸显得毫无表情
似乎内心的沉重　已超出它能力所及
偶尔用雨来宣泄一下它的情绪
这些剪也剪不断的爱恨情仇
像一团乱麻缠绕上来
这缠绵的雨季呀　柔韧得像一根藤
紧紧地缠绕在南方翘角的屋檐
我忽然渴望大朵大朵的太阳
漫山遍野　奔跑在北方山坡上的太阳
渴望花朵飞上天空　天空用它的蓝做底衬
给这飞扬的事物　一个温暖嘹亮的怀抱
我忽然渴望策马奔腾
在草原舒展的辽阔里　花香袭人
我渴望呼吸到天空的蓝
让这些迷人的蓝　穿过我的身体
让我成为北方最清透的氧
雨依旧用它的银针刺向世界
而这所有的因果　都在雨的怀抱里茁壮成长

此刻离你距离最近

此刻　离你距离最近的
就是我左侧的肩膀
温顺的小猫　寂寞的钟摆
华丽的灯盏上倒映的银河系
星星们觥筹交错　惺惺相惜
把耀眼的蓝　铺满整个天幕
有一朵花还固执地为你绽放着
它芳香馥郁　暗香流动
时间停留在此刻　喧嚣的杯盏
酒醉了　夜色撩人的心跳
醉了擦肩而过的一次回望
此刻　离你距离最近的
应该是我左侧的肩膀
它又开始了密集的思念

我用一秒钟的时间想你

也许　我只用一秒钟的时间想你
这一秒比一生还要长　还要刻骨铭心
你无所不在　像一座城堡　一株罂粟
一滴晨露　一颗黄沙　一片苍穹
我的世界就沦陷在你散发着无限的光芒里
我所听到的每一种声音里都有你
我所看到的每一种色彩都像你
我沉浸在你的无限柔情里
无法自拔　无力解脱
心被搁置在一个真空里
那些要窒息的思念要发起暴动
我极力克制这要命的情绪
让内心不断升到沸点的温度冷凝
然后用一生的时间
来慢慢打磨这破败的青春

陷 落

就像一只蜜蜂陷落在一朵花蕊里
就像一滴水陷落在大海里
我陷落在你寂静无声的柔情里

你在你的世界就是一条鱼
一条能翻起浪花的鱼
你在你的世界就是一只鹰
一只能翱翔蓝天的雄鹰

而我是另一种状态
似雨似风　若有若无
我喜欢悠游又疏离的格调
千姿百态　又千变万化

某一瞬间　你与世界紧密相连
却与我毫无瓜葛
和我丝丝相扣的只有对你的迷恋
我只能远远地注视你

就像一阵风陷落在漩涡里
就像一片绿叶陷落在春天里
我陷落在你浩瀚无际的星空

没有呼应的爱　是多么单薄
或许　阳光会从这里经过

你就在我身旁

这时候　我的心奔腾起来
拍起的浪花要淹没一片海洋

你就像一个谜　飘浮在时间里的花瓣
而我多像空洞的　虚无的空气
在尘世中起伏或沉落
无能为力是一种常有的状态

你就是我心里的一片亮色
一片轻盈的暖
物质的破坏力划开了我们的界限
我们只能绝望地隔绝在各自的世界

那些被我放置在一边的爱恋
被我撕碎了又起死回生的文字
它们锐不可挡　要消磨掉我的心志
而这一切都会被时间打败

多少年后　我们放过了彼此
放过了那个叫爱情的魔怔
我们波澜不惊的相互问候
世界又恢复到它原来的模样

我的秘密花园

我的心里有一个秘密的花园
有百鸟朝凤　奇异的花朵诵读着经卷
飞禽走兽各行其道　它们修炼着内在或外在的
气质与涵养　柔韧与力量
我放任它们成长　宽容与残酷
不惊动自然界的规律　不对抗命运的不可理喻
我只观望　看梦里呈现出的仙境
看风铃草追随着季节　用绿色书写的闪光的诗句
看蜜蜂提着甜美的生活飞在花丛里
这些相亲相爱的日子　让时间都粘上了香气
我的两重心　灵心飞翔　慧心静守
我在落叶上行走　看凋谢的花朵双手合十
对宿命的安排不悲伤也不欢喜
我始终注视我心里的秘密花园
我沉迷在这安静的修行里
炼一身的仙气　炼一颗情比金坚的真心
炼这众生喧哗中的超凡脱尘与返朴归真
我诗意盎然的秘密花园
盛开在时间之外　与永恒同行

我们注定无法远走高飞

多么努力地生长啊
为了长出一片丰满的羽毛
碾碎在泥沼中挣扎的灵魂
让眼泪洗亮清晨的每一滴露珠
那些藏在暗处向我飞来的冷箭
那些铺天盖地的意外
突如其来的灾祸
就像随意变化的天气
这些隐藏在平静之下的危险
它们藏在花朵里　藏在柳条上
藏在阳光晾晒的干草垛上
我在忧患与惊恐中醒来或睡去
每一只蜜蜂酿一天蜜
我就长一片羽毛
每一朵花开出一朵花蕾
我就长出一条枝干
这些藏在命里的悬念
这些锁链一样紧密串起的时间
一边把我推向深渊
一边又催促我枝繁叶茂

我是多么努力地生长啊
那些嵌进肉体与灵魂的痛苦
像空气一样　弥漫在每一个清晨或黄昏

起飞　坠落　再起飞　再坠落
我就跟着风一起比肩而飞
跟着阳光　挽手前行
或许　我们注定无法远走高飞
但我永远不会放弃要高飞的信念

寂寞越来越深

是沉淀了几千年的光阴
它把粗糙又布满皱纹的面容
袒露大地的沟壑　旷野的苍凉
那些像碎银一样星星点点的
撒落人类苦难命运的成长史
在此刻都寂静无声

寂寞越来越深
难掩那一段心底的哀怨
从心里抽出万千的丝
斩断或凿空　都无法力挽狂澜
多少个辗转难眠的夜
把星星拧亮或掐灭
只为等一个人
噤若寒蝉的问候
这些支离破碎的光阴啊
不断地盘剥人类的灵魂
直到它们枯萎凋零
似一朵风干的花蕊
路过的人　惋惜地说
看　这就是绝美的爱情

寂寞越来越深了

镜　子(组诗)

镜子就是镜子

镜子安静地靠在梳妆台前
或斯文地站在衣帽间
它从不说话　从不泄露它看见的一切
它既看见美好　也看见猥琐
它从不收集证据　也不选择性保留
它只提供片刻的呈现
让站在它面前的人
坦荡地来　放心地去

镜子能看见一切

镜子能看见一切
再羞怯的少女　也会放心地把自己呈现给它
一株含苞欲放的花朵
一颗青涩的果实
镜子不暧昧　没有欲望
它占据一切　又摆脱一切
就那么清心寡欲　又坦坦荡荡
那古灵精怪的美　歇斯底里的歌唱
凌乱的发型　搭着时尚的青春
鲜艳欲滴的嘴唇　咬着颓废的夜幕
镜子像一个恋人　安静地注视着你

你进取或堕落　美貌或丑陋
镜子不占立场　对一切袖手旁观
又视而不见

镜子从不缅怀

镜子能见证一个家庭的兴衰
一块红盖头揭开的鲜活的生活
脸像红苹果的母亲　皮肤黝黑的父亲
一群生龙活虎又温柔活泼的孩子
镜子能看清每一张脸上的每一个表情
它总是在分辨着光线　在明与暗中
给每个人画像　坦露他们的变化
一个婴儿变成壮年　一个壮年进入老年
人类总是忽视缓慢的变化
镜子却纤毫毕现　锱铢必较
镜子会见证圆　也会见证缺
每一个离去的人会怀念镜子
而镜子从不缅怀　也不遗忘
它冷静又克制地　静观其变

破碎的镜子

镜子碎了　就再难破镜重圆了
像一对相爱的人　愤怒夸张的表情
挥舞的拳头与相互责难的手指
空气紧张起来　物体撞击的刺耳声响
撕碎了撒在空中的老照片
一次情感的颠覆　一次精神的冲撞
这些动起来的炊具　呼啸着脱离了轨迹

镜子是受害者　它遭遇了飞来横祸
两个坐在碎玻璃上的人
心都被烧成了灰烬
他们无力再将这些碎片
拼成一面完整的镜子
镜子碎了　就真的碎了

千万别和镜子做游戏

千万别和镜子做游戏
有些东西镜子看得见
有些东西镜子看不见
镜子多了　就是迷宫
一个人会变成无数个人
一只猫会变成无数只猫
镜子会扭曲事实　改变方向
你陷入它精心策划的阴谋
镜子会让你惧怕无处不在的自己
虚拟的真实比真实的虚拟更为可怕
镜子会设下一个陷阱
让意志薄弱的人精神昏聩
千万别和镜子做游戏
你绝对不是它的对手

照妖镜

这些穿着人像的妖　穿着人像的魔
在人世间藏匿或修行
一只猫在镜子前　看见了一只威风凛凛的老虎
一只虎在镜子前　看见了一位盖世的英雄

照妖镜让该显灵的显灵　让该现形的现形
照妖镜能窥视一切真相
让邪恶的事物无法藏身
一个在照妖镜前原形毕露的人
一个在照妖镜前原形毕露的妖
镜子不会泄露　这一线天机
镜子善于判断　精于鉴别
照妖镜　只吓妖不吓人

镜子是有记忆的

镜子是有记忆的
只不过是　它把这些记忆催眠
在一个虚无的境界
那些动态的　静态的生活
它们色彩丰富又活色生香
镜子无所顾忌地穿行在
现实与虚幻　记忆与失忆之中
它小心翼翼又大胆狂放
温柔腼腆又风流倜傥
激情澎湃又冷若冰霜
镜子无所不知　又一无所知
镜子是有记忆的
只是它不显示给任何人看
它映照现实　又背弃现实
它抽空一切声音或形象或味道
把自己变成一面　与人无害的空镜子
一边捕风捉影　一边稍纵即逝

行走的镜子

镜子总是在行走　那么多
经过它面前的人
都被它藏进深不可测的记忆
它像是一个可以装下一切的口袋
那些琐碎与喧嚣　愁苦与欢颜
都在它面前原形毕露
镜子就是镜子　把真相交还给你
又为你消灭证据　镜子成为最忠实的守密者
光鲜或猥琐　美貌或丑陋
都躲不过它显微镜似的剖析
繁华落尽时　镜子又变成了空的
又会有新的人和事　闯入它的世界
在历史向前与交替中　擦去落在它身上的灰尘
镜子在时间中穿行
它是那样虚无　又那样坚实
可以瞬间破碎　摆脱时间的掌控
成为一个不可思议的谜团

众里寻你千百度

其实无需寻找
我的心早已准确探测到你的方位
夜深人静　虫鸣会无限放大一个声音的漩涡
坠落其中的人　总会把一个思念逼进深渊
无限变长的夜　是一根绳索被捆绑的心事
如今已安放在旧时光里
在一首催人泪下的词里　我们相遇
一只蜻蜓经过了荷塘
一朵莲穿过了千年的月光
这漫长的相错　把一次心动
狠狠地摁进了这疼痛的胸膛
思念燃起的熊熊烈火
要把这苍白的词语烧成灰烬
一个人画地为牢　一个人对酒当歌
其实爱　多么虚无
远或近只是一种修辞
我只好在一首诗里静默或追忆

你是席卷一切的风暴

这是你在我心里扬起的一场巨大的风暴
让我避之不及　我被这巨大的力量
裹挟着　左右着　被狠狠地推向前
你又一次在我灵魂深处　以醒着的姿态
冲破世俗的重围　用泪水铺出一条
晶莹剔透花团锦簇的未来之路
多么害怕灰色的黎明　淹没了
黯淡的现实　快要窒息的灵感
用风的速度隐藏或显现
多么害怕在没有温度的记忆里
漫无目的地游走　失去与获得
伤痛的片段　在无限扩大
像一个深渊　被囚禁的情感
在一点点丧失　灰飞烟灭的心碎
最珍贵的记忆用疼痛的方式
凿空你为我创造的新鲜的情绪
我再也抵挡不住　这些要命的
砂砾和枯叶　它们要把我推向虚无
我不能变成一个麻木不仁的空心人
不能丢失掉最珍贵的爱和温暖
你是席卷一切的风暴　用狂暴的
用石破天惊的方式　扫平一切阴霾
用胜利者的姿态　获得崇拜与爱戴

这样的不厌其烦

就这样不厌其烦地沉溺在一首歌里
随着音符起伏　颠簸流浪
那些纠缠在一起　乱成线团的情感
把我带回记忆的某个路口　川流不息的人群
与你相遇　那样模糊又暧昧的情绪
像一块熠熠生辉的宝石
一首动人心弦的情歌　从此在我心里流淌
也许错过你　就错过了一次激进的花开
错过一个冒失的春天　错过一场刻骨难忘的爱恋
只能固执地把你放进一首歌里
让它伴随我左右　仿佛你的微笑升起
照亮我失落了半生的遗憾

你是另一种迷雾

你就像是迷雾　用窗户纸包裹的糖
欢腾的心跳　包裹着的隐秘的火
华丽的面纱　包裹着的惊艳
是升腾的水　是沉落的忧郁
用一个怀抱粉碎的万千迷梦
用一个眼神覆盖的山呼海啸
我无法看清你　那些弥漫在时间里的谜
荡漾着　用它的波浪席卷
那些不为人知的爱恋
用黑夜修改白昼
用白昼洗亮黑夜
它们拼命地醒着
只想遇见　这暧昧里包裹着的真心

指缝间的光

这些被我紧紧抓住的大朵大朵的太阳
我要把它装进　妖精的口袋
装进森林里　一颗草尖的露水里
藏起它针尖般的光芒
它醒着　那些流星与恒星都醒着
银河系的萤火虫发起了暴动
它沉睡　那千年的冰封与地火都在沉睡
冬天的麦子正在赶往春天的路上
我冷得像冰一样的灵魂
想靠着这指缝间的微光
把一座冰山　悄悄融化
这些被我紧紧抓住的大朵　大朵的太阳
我要把它装进　一首诗优美的底韵

灰烬般的思念

等那些飘浮在半空的事物　尘埃落定
等那些嘈杂的声音的浪潮　渐渐平息
等这被一切欲望裹挟着飞翔的世界
在惶恐与提心吊胆的结局出现之前
让心安静下来　哪怕是片刻的宁静
让我看盲目的色彩　无序地起身
或坐下　焦虑又欣喜　迷乱又迷惘
凝视远方　看你眼眸中流转的
无数颗星辰　划破天空黯淡的帷幕
那些闪闪发光的思念　像火焰
燃起熊熊烈火　那些升腾起来
又降落的颓废绝望的灰烬
用思念的方式　演绎一场悲歌
两个没有缘分的人　只能在这灰烬中
默默注视　挥手告别

远离喧嚣

用一切可见与不可见的
速度　远离自己
远离那些陈旧的空气
破败的思绪
远离这近得令人窒息的
生活的隐喻
远离迫不及待的相遇
痛心疾首的分离
远离自己与自己的对峙
肉体与灵魂的撕裂
远离那些似有若无的恋情
避免悲剧拉开序幕
远离那些虚张声势的叫嚣
在风口浪尖上的推波助澜
用一切深色的事物覆盖
浅色的记忆
让远离成为真正的远离
不拖泥带水
新的时光代替旧的时光
不儿女情长
那些熟悉的一切　禁锢住了一切
我的梦在笼子里飞翔
没有天空
我必须像闪电般的疏远自己
让一切不可能抵达的抵达
美梦成真
远离或许是为了
更快地找到自己

生命无常

这些我们无法掌控的事物
星系的逆转
在我们眼前带路
它让我们陷入迷雾
宇宙把我们揽入怀中
又蒙蔽人类的认知
能凭借想象再行走
虚实相生　举步维艰
大自然陷入一种巨大的虚空
而无常就是细若游丝的利剑
剑走偏锋　总有一种伤是隐形的
在时光的分针秒针上　旧的疼痛
总是彻夜难眠
谁能料到爱情的颠覆
仅在顷刻之间
在阴阳两界　轮回往返
没有谁能看到　命里埋藏的针
这些被无常劫掠走的爱情
住在我心的深渊里
起伏降落　反复无常

铭心刻骨的思念

想念一个人　心就会忽然间变得明亮
像一片枯干的树叶　亲吻着阳光的暖意
欢快的乐曲　飞上枝头又回到我暗淡的窗前
我的心多么空旷　唯有你在期间孤独地徜徉
那里有山川有河谷　有草原有毡房
还有散落的马匹　嘶鸣着心碎的惆怅
想念一个人的时候　寂寞就铺满心房
看每一片树叶每一朵花都是你
看每一颗星星每一滴露水都是你
你离我那么近　令人怦然心动
你离我那么远　永远无法企及
这刻骨的思念变成火
似乎要把我化成灰烬
这些折磨人的思念
要把我煎熬成一副毒药
而你　从我身边经过
又把目光投向远方

沉寂的瓷器

那穿过千年　来到我面前的瓷器
它们发亮的釉彩　精致的花纹
唤醒了我血液里残留的记忆
那个织锦的女子　采莲的女子
养蚕的女子　弹箜篌的女子
穿着粗布的罗裙　或绸缎的锦袍
在时间经纬交错的纷繁中
瞭望一下空茫的未来
落满衣襟的寂寞啊
和我此刻的伤感多么相似
这一瞬间灵魂的穿越
相遇的是不同时空的我
稻麻竹苇编织出的鲜活的生活
在云纹漆耳杯中　借酒浇愁
对镜贴花黄的人
在时间里锈蚀成一张空的蛛网
一座牢笼似的绣楼
一段风华绝代的哀怨
一个女子一生十生的命运
装在一个掐丝珐琅彩祥瑞的花瓶里
时间成就了它　寂静奢华的尊贵

有些爱无法表达

有些爱是无法表达的　即使咫尺天涯
即使这些爱已用千军万马的气势
强占了一座城　一座堡垒
那些溃不成军的爱恋
把原本坚不可摧的事物　变得多么卑微
你一瞬间的注视　彻底粉碎了
一个人内心支撑了很久的骄傲
你轻而易举地攻占了无数城池
我似乎陷入一个巨大的漩涡
而你多像一阵风或一个疑问
我所有的不安　都在层层败退
无数个白天或黑夜
你多像一个无法解脱的幻影
神出鬼没又无处不在
有些爱是无法表达的
像一道永远无法破解的难题
你用爱的风暴　袭击了我
而我只能用失败者的姿态
悄悄退出你无限扩张的领地
因为有些爱是无法表达的

万物生长

季节真是神奇
它让万物的生长有始有终
植物来到人间
它们知道有生的时光
都在转瞬之间
所以它们招蜂引蝶　尽享春光
一点点阳光　雨露就足够了
它们不分昼夜　争分夺秒
把该绽放的绽放
让该结果的结果
在人间把能给予的都给予
把能分享的都分享
这是万物奉献给人类的辉煌
用渺小的力量　丰硕的果实
擎起丰富多彩的生命
万物生长　靠的是坚定的信仰

思念的形状　是不一样的

我知道这一次擦肩而过　就是永别
我知道　思念在我心里
和在你心里是不一样的形状
还能靠什么来拯救一段错失的缘分
离你越远　心就被撕裂的越狠
那些从你我记忆中穿行的是灰色的光阴
我无法掌控那些措手不及的变化
一个人的行走　像一个空洞的回声
我在这些波形的回声中起伏跌宕
你也用无数根银针　向我
投射它们疼痛的记忆
对你的想念堆积成一座山
压在我露珠一样脆弱的心上
等待让人绝望　也让人疯狂
未来漫长的旅程　没有你的照耀
我也会拼尽所有的光芒　照亮自己

痛苦的记忆
开出灵感的花束

在路上　我的心悬在高空左顾右盼
在路上　命运的轨迹总是前无古人　后无来者
谁不知道这奇妙的旅程中埋藏的凶险
世俗的烟火　组成无数绚丽的风景
对于那些未起步者和终结者　我正辉煌
在路上　总有无限的风景覆盖了一切美好
在路上　总有无数的曲折辗转在眼前
那刻骨铭心的爱情　只在剧情里出现
孜孜不倦地追求　换来的可能是一场虚空
好运厄运交相辉映　成为变调的音阶
在路上　人生的磨砺总是不断地修缮人的品格
在路上　痛苦的记忆　开出灵感的花束
那些温暖的关怀与守护
总会拂去灵魂深处的疲倦
让我有勇气面对措手不及的幸福
与频频相遇的灾难

忘却的记忆

那些被忘却的记忆　又回到我眼前
一盘被倒回去的老录音带
落叶回到树枝上　雪花回到空中
村庄回到牛的哞叫声里
散落的羊回到圈里
炊烟回到干柴烈火的炉子里
走失的恋人回到心上
那么多情景　忽然间
又回到热气腾腾的生活里
唯独你　用一转身的时间
让我懂得什么是永别
我还沉浸在往日的迷梦里
绚烂的青春　被时光偷换的概念
像风一样吹过　雪落无痕
那些被忘却的记忆　就此埋藏吧
有些人已不在　有些地方　永远也回不去

一面之缘

我知道　我和你相见的一面
胜过别人相见了千百遍
每一次分离孕育出越来越深的思念
或许　你并不在意我的存在
那么多相聚的欢颜都在日渐褪色
那些随着夜色消失在黑暗中的身影
而你　却在我心里日渐深刻
像一个巨大的深渊　等我纵身一跃
这些不为人知的思念
在我的心里破土而出
穿破了时间和空间的篱墙
悄无声息地呼吸或生长
我关注你所经过的路口　路口的风
以及你所在的那个方向
你像一道划在我心上的伤口
在相遇的瞬间　痛彻心扉
你是我的一面之缘
却仿佛相爱了几生几世
一个爱情的谜团
我把它埋进不为人知的角落
这一页　让时光轻轻翻过

心的缺口

这散布在我心上的缺口
一块花布上撕破的一个豁口
湖面上掀起的一个漩涡
挺拔的山峰断裂的一道峡谷
我们就这样相互抱憾终身
又相安无事
这被时间的风越扯越大的距离
我用一束小野花的烂漫来填补
用湖水幽暗的蓝
用纯金的信仰和玉石的精髓
用白昼的白　黑夜的黑
用忧伤的音符串起日月星辰
用眼泪滴落的水晶
用血管里奔涌的晚霞
用村庄明媚的翅膀
用蒲公英圆润的伞
我倾尽所有　也无法阻挡
这缺口里吹进来的风沙
风沙里夹杂的寒流和暗箭
暗箭上涂抹的见血封喉的剧情
这散布在我心上的缺口
成了我的心病　是我致命的软肋

恩怨情仇

前世的恩怨　累积在今生的恩怨之上
这些层层叠叠的埋伏
会突如其来地引爆
一桩灾祸　一场悲剧　一次病痛
这些乔装成美好的事物　真相令人毛骨悚然
这些潜伏着的形状各异的债
它们奔跑着　追逐着　随心所欲
随时会拿走你的功名利禄
拿走你的风花雪月
甚至会席卷走命里的一切
最终你像一张揉皱的纸张
被抛进深渊　抛向一个无法破解的未知
宿命就站在街心　头上插着兜售的稻草
谁都无法猜测它葫芦里的药
这些能治愈或要命的毒药
这些福祸相依的命运
像隐形的债　用一座山的重量
座落在你心上　随时会讨要
而你只能束手无策
看着它编排的这场戏

一曲哀歌

有时候　爱情里的冷箭
在夜半三更　借风妖娆的弧线
谋划着一场暴动或背离
嗜血或杀戮　绵里藏针
相爱的人　忽然对立成仇敌
那泼在地上的酒
那照在剑上的寒光
月黑风高　孤魂游荡
那些被瞬间埋葬的甜蜜
娇艳欲滴的玫瑰　腥红的血
被黄沙吞噬的海誓山盟
终究会成为一曲哀歌
或挂在剑上的一滴泪
有时候　爱情里埋伏的
线索千头万绪
爱你的人　你就是他致命的软肋
心痛和呼吸　在同一个频率
那些高深莫测的情感的风
烟雾弥漫　又扑朔迷离

七夕之夜

七夕之夜　蓝丝绒的夜
流光溢彩的星辰
像水波一样　一浪一浪
扑向这低缓的　忧伤的寂静
你的眼眸里闪动着　隐忍怜惜
挂满整个夜幕
风中一朵花颤动的枝叶
一只虫鸣舒缓有致的起伏
靠近或远离　温情或冷酷
七夕之夜　一个人的寂寞
像万丈深渊　而我坠落其中
似不断飘落飘落下沉的一片枯叶
你的出现　亮出一道光
魔法师打开春天的门
漫山遍野的花朵
一小片又一大片地点亮
我们策马扬鞭　纵横驰骋在辽阔的草场
你的爱意　跳出眼眶
爱情的迷梦啊　在星光的照耀下
显得更加扑朔迷离　动人心弦
七夕之夜　把一个名字写在手心里
这样你的陪伴　就像一首婉转动听的旋律
激越又强劲　低调又深沉

无处安放的爱情

这些越来越局促不安的时间
怎么精打细算　都所剩无几的时间
它被肆意膨胀的物质霸道地占据
这盘踞在人心的贪婪啊
正漫无边际地拓展它的地盘
这些被挤进角落里　落满灰尘的爱情
竟无人赏识　无处安放
时代飞奔的速度　已超出我们的想象
省略中间的过程　只有开头和结尾
而爱情却是那漫长过程中最精彩的环节
快餐的生活里　慢会被淘汰出局
变味的快捷的情感　以爱情的名义名存实亡
那些停留在诗里歌里的山盟海誓　与地久天长
那些执子之手　生死相随的爱情
它们停留在《诗经》的一株植物上
它们停留在《长恨歌》的反复吟诵里
这些一尘不染的爱情
它们太纤细　太明媚
生长得太精致　也太缓慢
在喧嚣与功利的时代
这样诗意的爱情　似乎真的是无处安放

最后一滴眼泪

还有一滴眼泪
我咬紧牙关　把它留在了眼眶
人的一生　是浸泡在眼泪里的标本
那么多让人意外的事情　在渐次发生
天灾人祸　生老病死
有些事情循环往复　不可逆转
这些草芥一样的命啊
多像一只只明亮或幽暗的瓷器
这失手打碎的　是柔软或坚硬的
玉石俱焚的心事　壮志未酬的理想
是一个人多灾多难　富丽堂皇的一生
如果死亡是一个完结　是一种偿还或清算
这倒是一种解脱　一种如释重负的畅快
亲人们　别再悲伤痛哭了
人生的路上　亲情像钻石一样珍贵
但请留下最后一滴眼泪
用它照亮未来

起　飞

起飞　不是那么容易的事
一只羽翼未丰的鹰　多少次扑扇翅膀
也不能把一身沉重的骨骼抛向天际
看别人飞　一只鹰架自由旋转的弧线
升起　降落　俯瞰　游弋
原来飞翔　才是真正的自由
那种凌驾于高空的王者的气度
多像盖世英雄挥着剑　带领千军万马征战沙场
那巨大的羽翼像将军的灰披风
不但能搅动奇异的天象
也能煽动风起云涌的战争
在高空中飞行　每一根羽毛
都是一支擎天利剑
眼睛里燃烧着火　像穿透云层的闪电
心里能装下整个宇宙的寂寞与辽阔
也能装下高山　溪流与峡谷
原来飞　也可以裙裾飞扬
彩带飘飘　飞成男飞天　女飞天
飞成流芳百世的宝典
起飞　不是那么容易的事
矮树枝上盘旋的日子
哼着歌在花丛里辗转
那不是鹰的志向
别人仰望的高度　就是鹰飞行的高度
鹰只能是鹰　起飞是必然

爱情的烟火

没有爱情　生活按部就班
不惊喜也不惊慌　不心动也不心酸
就这样无动于衷　看流星划过的轨迹
看灰尘寂静地落　看时间从指缝流转
爱情是瞬息万变的火
点燃或熄灭　燎原一个深情的时代
变成灰烬　又飞向天际
想握紧在手心或深藏在心里
可是它奔跑的速度　无法追赶
这光焰四射的绚烂
这动人心魄的荡漾
你只是欣赏它的神韵
却抵达不了它的本质
爱情　这闪电下惊现的妖娆
镜花水月里　出挑的迷乱
它离去后　我陷入白昼里的黑夜
黑夜里　千丝万缕的心痛
没有爱情　生活抽走的烟火气
我只是在一颗寂寞的灰尘里
悬浮或坠落　脱凡出尘

一条鱼的修行

你不经意的注视
多像一只闪亮的鱼钩
让我怦然心动　又慌忙躲藏
不动声色的大海　总是无风起浪
我假装自己不是一条鱼
你也假装自己仅是一只饵
在蓝得令人窒息的海底
这情感的游戏　是致命的危险
远离或靠近　情感在急剧地变化
幸福的泡沫　一边升起　一边炸裂
我们都犹豫不决
这么多年的修行
让我们终于找到了
一个合适的距离
能彼此相望
用思念完成虚构的部分
用一首诗成全爱情的美好
你不经意的注视
多像一只闪亮的鱼钩
我就是你亮光里的一部分
庄重飘逸　静默又忧伤
我们彼此相望　又彼此远离

致敬你的温柔以待

感谢你配合了　我的单相思
感谢你用沉默温柔的方式
陪我度过内心最危险的时刻
你没有拆穿我
情不自禁投给你的橄榄枝
我把堆积如干草垛一样
易燃的专注
投射到你的背影里
那些倾泻而出的思念
汇聚成强大的洪流
要将你我湮灭
感谢你的不回避　也不迎合
用温暖的目光注视我
走过这片阴郁的沼泽
醒来或梦中　你在远方
或在近旁
自始至终是我在演绎着
一场自己的千古绝唱
我必须经过那样的
一个地狱淬火的阶段
那些过山车似的焦灼的心情
从高处到低处
从低处又飞向高空
是你稳稳地坐在看台

成为一名超级看客　容忍我
不时发作地对你的迷恋
感谢你无言的配合
让我终于能放下爱的执念
毫发无损的平安着陆

一个人的夜色

一个人的夜色　是一个迷梦坠落的过程
是整个星空　在幽蓝的夜幕上镶嵌宝石
这些散发着各种光泽的宝石在游行
它们随心所欲　铺天盖地
一个流光溢彩　晶莹剔透的世界
在我眼前闪现又消失
我变成了一颗耀眼的星星
挂在宇宙之外　宇宙之内
一个人的夜色　形单影只的街头
一个落魄无依的身影
秋风吹落的一片树叶
萧瑟地飘向远方
怕那些野心勃勃的黑夜
想吞噬一切　淹没一切
怕把我的卑微也染成黑色
我拼命地躲避　这些隐藏在暗处的自卑
一个人的夜色　在一首歌里流连
这些不安分的音符　跳出无线谱
它们并排坐在我身边
把我变成了任意一颗音符
我在自己的泪滴上跳着圆舞曲
一个人的夜色　又锋利又柔软
像一把抽刀断水的剑
斩断那个悲伤的　弱小无依的我
迎接一个温暖的　达观的
朝阳一样　光芒四射的自己

第二辑　荆棘与花冠

谁不是深夜痛哭　清晨赶路
面对突如其来的灾祸　生离死别
以及一路上的颠簸疲惫
心上的灰尘和生活的压力
我们依然要相信
一朵花开出的蜜
一次注视开出的刻骨柔情
一个春天开出的诗情画意

一朵花开出的妖娆

仅仅一眼　就把你看进了心里
可这个秘密　必须要埋进泥土里
才能生根发芽　长成参天大树
必须要埋进阳光的千万条金线里
才能织出唯美的爱情花冠
然后你的微笑　就属于我了
连你忧郁的眼神　稀疏的白发
你的忧伤　痛苦的或者辉煌的过往
就都与我有了丝丝缕缕的关联
爱　多么令人心醉
是一朵花开出的妖娆
是一个春天开出的诗情画意
是一次注视开出的刻骨柔情
仅仅一眼　就把你看进了心里

一朵花开出的蜜

浓得化不开的爱恋
淡如轻烟的情绪
相互缠绕的藤蔓
至死不渝的缘分
一朵花开出的芬芳
一句誓言敲定的坚贞
爱情的涟漪荡漾出温软的春天
苏醒了的世界是绿色的
连我为你写的情诗　也发了芽
长成了意想不到的模样
心动又心慌　这爱如脱缰的野马
掀起尘土　扬起风暴
它驮着草原　奔向山岗
而时间正忙着酝酿
一场季节盛大的典礼
一片绿叶涂抹的森林
一滴甘露浸透的宇宙
一颗心点燃的黎明
这是一朵玫瑰的狂欢
把爱推向内心的险峰
那泛滥着无限暧昧的暖
是一朵花开出的蜜

五月　多像一块
浸在时间里的琥珀

五月　多像一块浸在时间里的琥珀
它浓烈　是浸泡在岩层里的火
它恬静　蓄谋着一场惊心动魄的暴动
我又一次在五月穿行
晴朗或阴郁　盛开或凋零
这变幻莫测的季节
让我的心靠近或疏离
那些潜伏在命运里细微的爱
拍动翅膀　闪烁着光芒
这令我心醉神迷的五月啊
用谎言或真心　把自己装扮成另一番景象
我就在它的近旁或远处
用显微镜的眼睛打量着它
五月　令人怦然心动的五月
我发现这被造化打磨得稀奇的琥珀里
藏着一座异彩纷呈的宝藏

从低处仰望

有时候　生活需要我们从低处仰望
像一只卑微的蚂蚁仰望挺拔的山峰
像一只丑陋的泥蛙仰望苍穹

命运总是把好棋下得更好　烂棋下得更烂
命运的把戏　总不断改变我们所处的位置
有些人站在了高处　有些人站在了低处
别懊恼　不同的位置只不过
看到了不一样的景象
生活的多姿多彩　正是在这逐渐的转换中获得
在低处　也千万别用跪着的姿势仰望
在高处　也千万别用鄙视的姿态俯瞰
不论位置怎么改变　千万别失去对生活的敬畏
用平等的心态来面对　生活的荣耀或耻辱
奔跑或摔倒　旋转或飞翔
我看到蜗牛　麋鹿　雄狮　羚羊
在草原竞相奔跑　肆意追赶
一只七星瓢虫舒展的飞翔　也不逊色于雄鹰
在低处的花朵　也能痛饮露水的甘饴
在低处的小兽　也能找到灵魂的栖息地
上苍总是一边创造万物　一边又温情地眷顾
赐予我们食物　让我们强健的身躯撑起理想
赐予我们爱　让我们孤苦的灵魂相互取暖
蚂蚁们　就别再懊恼自己的弱小了

低处的风景也有说不出的曼妙
是别人感受不到的别样风情

有时候　残酷的生活也需要我们温柔以待
像一只猫　静静地凝视着光阴
像一枝柳条　柔媚地装扮春天

夏至　翩然降临

时间多么具体　又多么虚无
像一根挂在悬崖峭壁上左右摇摆的钢丝
而我们的一生　都在与时间对抗与博弈
战战兢兢或漫不经心
拼命追逐或失手打碎的
那些堆积在命运里的悖论与真理
深埋在记忆里的凌厉的寒冬
与温情的夏至
它们隐匿或彰显
我们一步步陷落在时间的深渊里
炼狱里的煎熬与捶打
淬炼出另一个努力蜕变的自我
那些被无限拉长的苦难
变成一道光　照耀着我
渡我登临彼岸
此时繁华落尽　阳光正暖
夏至　翩然降临

入　侵

我无法冲破那种难以言说的距离
无法不顾一切地出现在你面前
到了这样的年龄
不知不觉会埋葬许多过往的爱情
似乎可靠的东西都不太牢靠
那些被套在枷锁上的白天与夜晚
我们用肉体的磨难来期待明天
那些迫不及待实现的梦想
都无法兑现
现实像一面可怕的镜子
把我们拉开更远的距离
远到你无法度量
有时候思念是一剂毒药
在我的心里发作
撕裂的梦开始无限扩大
我在自己的对立面为自己争辩
想用一个永远不可能实现的诺言
来占卜你深不可测的情感
探知那些纵横交错的悖论
我的入侵
是否能平复你的幽怨

我只关注天气

我的目光就这样　被你紧紧地抓住
像千万根丝线都钉牢在织机上
我就这样被思念缠绕　成密实的布匹
这些飘扬招展的　像旗帜一样的思绪
唤醒时光隧道里的悠远记忆
是我　藏在那些千丝万缕中的一缕
我的想象就这样被你紧紧地抓住
那些无中生有的爱情　牵引着我
让我在生活的两个极端
做无谓的奔波　醒着睡着
你都在眼前挥之不去
你无意间在我的记忆里做巢
我就耐心等待　你破壳而出的惊喜
我每天只关注　一点点天气
想一下这风云变幻的气候中的你
爱　原来如此简单

陷落的江南

一阵风的速度　冲破一个悬念
一只鸟携带着北方　以及它深藏的尖叫
逃离一个季节最凶猛的痛
麦草垛上飘散的云
一只杏干　心如死灰的心跳
那些彪悍的词汇
蛊惑一片树叶一根羽毛发起暴动
乘着黑夜或阴谋　逃离牢笼里狭小的生活
没有谁在等我的彼岸　依旧是彼岸
有谁在灯火阑珊处等我的江南　依旧是江南
醉人的雄黄酒　挽着我胆怯的夜晚
蛙鸣唤醒萌动的依恋
雨季伸出手臂　拥抱一个干渴的灵魂
最初最完美的平衡　已经被打破
要陷落就陷落吧
江南的烟雨　烟雨的江南

让一生的等待长成虚妄

等你需要鼓起多少勇气
此岸到彼岸　中间那些冰冷的
闪烁着露水的万水千山　冷酷的
眨着眼睛它们忧郁又心事重重
深怕有谁会打破了那针尖上的平衡

等你　用一朵云的痴心妄想
看似悠游又百般沉重
把春天的花朵
投掷人间的寂寞　大地亲近美的铺垫
一层层一片片那些望穿秋水的眼睛
焦急的　簇拥着
想一睹你旷世的英姿

等你　心变成碎裂的玻璃
时间绝望地凝视着时间
那些该来到眼前的
依然迈着隆冬的　笨拙的步伐
迟缓又心绪不宁的意志
把一场约会　推向遥遥无期的未来
马蹄声近　马蹄声远

等你　让一生的等待长成虚妄
枝繁叶茂的思念引来凤凰
引来百鸟朝凤　引来万物的朝拜
爱是阳光　用它千丝万缕的光罩住信仰的坚贞
这焦灼的灵魂　在来世在今生　终会相见

我头顶的光芒

在陌生的城市行走　似一只蚂蚁行走在森林
这无处不在的平静下　涌动的暗流
不断分岔的路口　通向黑夜或白昼
通向死亡或坟墓　那些已知或未知
在城市的灯红酒绿中拼命地奔跑
孤独突然来袭　一只野兽窥视的眼睛
这喧嚣的人群　与我是隔绝的
我迷失在路的中央　绝望与我同行
那川流不息的声音　交错成一座座巨大的城堡
我的弱小　漂浮在一片干枯的落叶上
细碎的思念　支撑着一个华丽的虚妄
这些白天静止　晚上游荡的梦
带着那么多颗熟睡的灵魂
置身陌生的城市　置身巨大的虚空
而笼罩在我头顶的光芒啊
一定是举头三尺　一直跟随我的神明

远行之人

远行之人　逆着风出发　逆着河流出发
他们把自己的一生放飞成无数只箭
从村庄每一个眨着眼睛的夜晚
从树梢上轻轻摆动的黎明
远行之人　内心装着一片开阔的疆场
他们无惧翻山越岭　荆棘挡道
这一走就是生离死别永无回转
那被撂荒的老宅　虫鸣声起
灶台上闪烁着火焰的记忆
谷仓已空成一只干瘪的口袋
池塘上升　鱼骨化石记录着它游弋的姿态
远行之人把故乡刻在心上　把痛埋在骨骼里
他们像风一样行走
向东向西向南向北
无处不在的身影
无处安放的真心
远行　是一场盛大的修行

与病毒的博弈

这些分散在时间末梢的病毒
用隐秘的方式发起反攻
那些节外生出的枝杈
想构建一个新的辉煌的帝国
它用毁灭的方式来瓦解
一个浑然天成的存在
这些乘人之危的病
从最细小的切口侵入
一朵花的茎叶　一只蝴蝶的触须
一座大厦的根基　一个民族的血液
它们把病毒装扮成欢快的分子微粒
一个美好的事物　推倒在它的影子里
一个小小的胜利　会滋生邪恶的横行
两种力量开始较量
天平左右摆动的善与恶
这些穿着铠甲　手握利剑的勇士
他们冲入险境　奋力厮杀
要拯救一个将要彻底沦陷的宇宙
这些散落在黑夜里　最深的痛
这些聚集在白昼里　开阔的歌唱
让一朵花的芬香　超越凋谢
让一个民族的精神　坚不可摧
这些分散在时间末梢的病毒
只能溃败在自己野心勃勃的阴谋里

安静下来的2020（组诗）

安静下来的2020

不需要侧耳倾听
安静下来的2020年
你能听见掉落在地上
一根银针刺耳的声响
你能看见枯叶在枝头
瑟瑟发抖的手臂
你能听说一个病毒
横冲直撞嗜血杀戮
这片我们人类辛辛苦苦打下的疆场
被一群奇形怪状的病毒占了上风
在最恐慌的时候　先镇静一下
漫长的黑夜　也挡不住黎明
2020年先安静下来　万物各归其位
让我们盘算一下未来
盘算一下春暖花开后的喜悦
与短暂分离后的重逢

张灯结彩的中国

当所有人同时关上房门
宛若空城的中国
呈现出它空灵的一面
这空是密实的人心

是一堵不透风的墙
用沉默的方式
拦截一个灾难
用自我隔绝的方式
打败一场瘟疫
宛若空城的中国会一闪而过
我们又会回到万人空巷
张灯结彩的中国

怀念　一朵花四溢的芳香

当我们都屏住呼吸
当世界屏住呼吸
才忽然意识到
洁净的空气何其珍贵
这被病毒践踏过的空气
处处暗藏杀机
我忽然怀念　一朵花四溢的芳香
怀念蜂蝶旋转在闪亮的光阴里
怀念远处牧羊人婉转的歌声
那些大朵大朵的新鲜空气
被谁置换成了我们的恐惧

最勇敢的人

在与死神对抗的分分秒秒中
最勇敢的人　从八方集结
没有什么大义凛然与豪言壮语
也没有犹豫不决或瞻前顾后
在祖国最需要的时候

他们日夜奋战　誓死卫国
用铮铮铁骨撑起中国的脊梁
他们是万众仰慕的英雄
是用信仰与决心
铸就的
民族之魂

时间会战胜一切

我有耐心等
我知道时间会战胜一切
虽然眼前的时间像热锅上的蚂蚁
炼狱里的煎熬变本加厉　又无法抗拒
只有安静下来　吹灭喧嚣在尘世的火
耐心地等待　一滴露水托举起的春天
等待一朵花宣告的誓言
等待凯歌荣归的喜讯跃上眉梢
我有耐心等
我知道时间会战胜一切

我开始拼命地怀旧

忽然有一天　我开始拼命地怀旧
在那些落满灰尘的记忆里翻找着
遗失在岁月缝隙里的亲情
废墟上的家园
那些灰色的光弥漫着心酸
一点点啃食着千疮百孔的树叶
时间的堤坝挡不住风口浪尖上的
摇摆不定的情绪　荒废的村落上
一闪而过的是新的景象
这应接不暇的旧事物
忽然转过脸来　微笑就荡漾开去
忽然有一天　我开始拼命地怀旧
想通过某个人　某种途径
来抵达那些陈旧或新鲜的城市乡村
相遇转角错过的你　与落花满地的惆怅

谜　底

那些你知道或不知道的事情　在不断转移
从四面八方来或去　醒着的或沉睡的
纠缠不休的暧昧或颓败不堪的勇气
谁也无法从一个角度看清世界是圆是方
那些一厢情愿的爱恋　或伪装成过客
潜伏在你的梦里或影子里
幻想月夜下与你相依　远望星空
黄昏的余晖勾勒出你迷人的身影
一些永远想留住的事物
隐没在漫卷的沙尘里
一诺千金的爱情
随时间一点点消逝
那些浓得化不开的思念
会变成一个谜　没有谜底

灵魂的故乡

你是我目之所及唯一的风景
你呼之欲出的万种风情
让我神魂颠倒又鬼迷心窍
你那样安静　世界都屏住了呼吸
你又充满力量　爆发的小宇宙
放射无限的能量
你在我近旁　幸福就无限滋长
你是我目之所及唯一的风景
山谷　河流　湿地　草场
毡房撑着白色的小伞
像一个个蘑菇站立在春天
草原用它辽阔的胸襟在生长
它要把野花野草送到更远的地方
在夜晚　篝火能蛊惑我们迷失的热情
舞蹈和美酒　才能唤醒麻木的心脏
草原的夜空　繁星溢彩萤火飞扬
而时间在此被遗忘　痛苦也灰飞烟灭
我们醉倒在一首诗里
这首诗是我们灵魂的故乡

全世界都已安睡

时间走入最黑暗的时刻
这些恬淡的黑夜
寂静地停留在窗外
离我近在咫尺的距离
让我不敢自由呼吸
怕惊扰了这轻盈的自由
你闯进我的梦
暧昧的气息　忽远忽近
现实里纠结的　困境
是否在梦里找到通途
不知道那些一碎再碎的
爱情　能否在现实里降落
一个人的夜　万箭穿心的犹疑
在我的睡眠上刺出无数个洞
关于记忆　关于粮食　关于信仰
在此时焦灼纷乱　又貌合神离
那些根深蒂固的想念
像浓浓的墨晕染开来
夜就这样坠落
破碎在梦与醒的边缘

心的版图

心的版图敞开它　阳光的金线
开始用时间的碎片来缝补
过来的是天空　游过去的是大海
我追逐着一片片日渐繁盛的光阴
在雪山峡谷中穿行
驱赶着季节的羊群
鹰的翅膀能装下整个天空
马飞扬的蹄　能追回整个草原
这一块用苦难堆积
痛苦洗炼的版图
这一块生长着辽阔与高远
装得下日月星辰
也装得下山盟海誓的版图
被我的一滴泪水照亮的璀璨
被一粒麦穗填满的谷仓
被一首歌湮灭的昼与夜
心的版图多么狭小
装得下白驹过隙的青春
装得下累累白骨的荒野
却装不下一段痛彻心扉的苦恋
装不下一根思念的银针

零点　一朵花的绽放与凋零

零点　我趴在时间的分针秒针上
惴惴不安　神色仓皇
零点　我停下脚步
打量这欲盖弥彰的心事

那些在心里熊熊燃烧的心事
在现实面前变得隐秘又冷静
假装若有所思　看似若无其事
把心爱的人囚禁在心灵的牢房
来慰藉这咫尺天涯的相思
苍老的时间　颠簸的车轮
午夜的街头　孤独开始泛滥
我就是这样　和你的影子形影不离
多么完美的修行
靠互相克制情感来呈现
爱情　在一个人的想象中完成

零点　一朵花的绽放与凋零
在我眼前铺展
零点　你的眼神穿透我的想象
从我眼前流逝

持久的光源

我一直在寻找　一种持久的光源
一种不被时间空间限制的热度
从一个人胸膛里沸腾的火焰

到哪儿去寻找
这些在白昼与黑夜的交替中丧失的
绽放与枯萎　花蕊黯淡地低下头
太阳送上的明亮　又被月光拿去
在蜜蜂的飞行里　又一次重现甜蜜
邪恶的念头　总是会让灵魂发抖
时间总在破碎　碎片里沉睡着寒冬
这些互相传染的寒冷　要毁灭
一座城池一个村庄　一片妖娆的月光
这些穿在我们身上的恐惧　无限铺展
袭击我们的是浸在时间里的冷
寒风刺骨　滴水成冰

这时候　我希望遇到一种光
一种唤醒灵魂的持久的光源

阳光的坦途

你说　我变成了一只蜗牛
躲在自己寂静的壳里
害怕暴风雨以及变好或变坏的天气
害怕阳光的金针　刺穿眼睛的明亮
害怕清晨露水里释放出来的寒意
你说　我被生活的磨难吓破了胆
不愿意再尝试与新事物相遇
害怕一茬一茬的光阴
无人收割　被荒废在荒野里
害怕破旧的马车　载不动
生离死别的感叹
害怕从天而降的美好
瞬间又逝若烟花
你说　我怎么变得这么不勇敢
在爱与恨面前　都谨小慎微
阳光已经为我铺展出一条坦途
我还被犹豫捆绑着
我要抛开一切苦难的束缚
找回那些丢失在路途上的勇气

情感的蹦极

我总是在情绪的两端跳来跳去
相信爱情　三分钟的热度
然后惊觉般的醒悟
雪还在下　一个冬天的寒冷
一双手很难焐热
我的情感总是在蹦极
像死一样的让人绝望
那些悬崖绝壁上的风
撕咬着我
颠倒的影像里
世界在不停颤栗
死灰复燃的爱情
就别再燃起熊熊烈火了
不温不火的感情
就该彻底熄灭
然后　我在山谷上空
升起或降落
享受世界对我无效的折磨

丢失的记忆

多么窘迫　一个人丢失了
宠辱不惊的过去
那些珍宝一样的记忆
黄金一样的勇气
那些向日葵一样
向着太阳致敬的虔诚与信仰
那些奔跑的匍匐的
敢于对抗世俗的武器
多么伤痛　一个人丢失了
奔赴未来的通行证
那种一条道走到黑的劲
九头牛也拉不回的狂热
那种呕心沥血的挑灯夜读
把黑夜逼上了绝境
那种碰得头破血流的倔强
多么不可思议　一个人丢失了
赴汤蹈火的勇气
抱着小小的收获
把幻想的画面装满臆想的谷仓
在一点点的虚荣的驱使下
放弃了劳动与汗水的荣光
多么深的领悟
千万不要把成功拱手相让
千万不要在追悔中了此余生

后　来

后来的日子　都是被你的笑容点亮的
我像一朵紧紧裹住心房的花蕾
耐着寂寞　忍受着风霜
只为遇到你时绽放
可是那些羞涩像一层层迷雾
就那样毫无顾忌地　铺开它的乐章

后来的日子　你默默地住进我心里
或许你并不知道这天意的安排
喜欢一个人的感觉原来这样美
想到你　心里就开出了花来
有时也莫名其妙患得患失
像一种疾病悄悄蔓延

后来的日子　你迷离的目光
成为我心中难解的底色
浓烈或淡雅　被思念渲染得
如此深刻　又无比的虚妄
那些开过的花　把它动人的娇艳
交给飘零的风　或枯萎的大地

后来的日子　还有一份花开的美好
馨香四溢　意韵悠长

别卸下自己的翅膀

我们原本就是能够自由飞翔的
像鸟儿　把蓝天当作温床
我们原本就不应该匍匐在地上
让糟糕的生活　陷入泥潭
我们降临人间　于万物之上
我们拥有色彩斑斓的羽毛或叶片
能够轻盈地托起一片天空
或征服一片浩瀚的海洋
而我们就徜徉其间　悠然自在
婴儿时　我们就有通灵的本领
人类是神　是佛　也是魔
这些善变的天性　细思极恐
人类卸下翅膀　坠落凡尘
俗世的沉重　把飞翔变得遥不可及
但我相信　我是能飞翔的
乘着诗歌的有力的臂膀
向东向西　所向披靡
让我们找回不小心失去的锋芒
找回那些飘落的羽毛　丰满的理想
找回能够让我们飞翔的信仰

这些不安分的原素

那些聚集在一起
要燃起熊熊大火的爱恋
被我一次次地按压在
内心的角落　让它熄灭
但是它见风就着
见雨就着　所见的任何事物
似乎附着了思念的魂魄
这些不安分的原素
在空气中弥漫传播　令人窒息
或许　我把自己放入牢笼
在这万劫不复的折磨之中
虽死犹生
那些千丝万缕的思绪
编织一个华美的宫殿
我情愿被囚在其中
只为与你擦肩而过时
能悄悄地望你一眼
就能令我心花怒放
这些鬼迷心窍的思念
镌刻成我心上的黄金

只有安静下来

时间总是零零碎碎的
被堆放在沙发上　角落里
蜷缩在分针秒针上　举步维艰
那些黑白与色彩交替的影像
搭建成我人生的金字塔
那些粗糙的石头闪着清灰的光

汗水滴下去就升腾成蒸汽
阳光驱赶着疲惫的青春
我奋力挪动着村庄以及它的气味
家畜们鸡飞狗跳在编排新年的合唱
有时候　抬头看向远方
落满灰尘的现实偷走了
最美的风情　最好的春光
那些裸露在岩石上的
旧时光已经锈迹斑斑
扯一把天边的云霞
我坐在夕阳的金丝银线里
时间总是零零碎碎地堆放在
近处或者远处
和我一样聆听世界的喧嚣与安宁
只有安静下来　声音才显得动听

六角形的花朵

这些蹲在树枝上　趴在屋檐上的雪
它们的野心　昭然若揭
它们迷恋这些六角形的花朵
想用这些唯美的图案埋葬掉整个世界
给房屋穿上毛茸茸的外套
雪拼命地营造着成年人的童话
要把世界粉饰成纯洁的模样
可这些假象总是会被拆穿
人们拿起扫帚　不是去飞行
而是要把这铺天盖地的雪
驱逐出我们的领地
这些翻着跟头　从云端飘落的雪
这些图谋着要覆盖整个冬天的雪
它们的柔软在一点点变硬
冰清玉洁并非它们的初心
它们是想冰封整个世界
来让我们体会什么是冷酷
这些情绪激动的雪　有自己的想法
而我们看穿了冬天的心意
用与之相反的方式　来接纳雪的阴谋

扑面而来的温暖

我们伫立寒冬　像爱斯基摩人守着北极
冰雪执意要碾碎这些随心所欲的温度
触手成冰　成为我们绕不过的道路
一个可怕的梦　像悬挂在枝头的冰凌
大雁和野鸭挥动枯叶般的翅膀
往南飞　向着温暖明亮飞行
密集的鱼群卷起一个个漩涡
向着更开阔的水域
姹紫嫣红的花朵
无法翻越这倔强的寒冷
它们只能用枯萎来表明自己的绝望
青蛙用冬眠的方式来提出抗议
寒冷侵占了乌鸦的巢穴
蜜蜂把自己埋葬在花蕊中
只有人类执意要等到春天
这些要把我们逼疯的寒冷
会在某个转角悄悄离场
万物复苏只是转瞬而来的事情
那些势不可挡的温暖
会扑面而来　会突如其来
会用温柔心动的方式而来

草原上洁白的珍珠

这些千变万化千姿百态的云
这些柔情似水残暴粗鲁的云
这些性格分裂极端固执的云
我是该爱它们　还是用恨来分摊
这些在我的童话里长出翅膀
纯洁安静得要把全世界迷醉的云
有时候它又迫不及待地擂响战鼓
搅动战乱的风云　铺天盖地而来
无处躲藏的事物坦露着它们的恐惧
一朵乌云用它的阴暗狂暴
撕碎了我们对它静美的想象
瞬息变幻的不一样的情绪
成就了美好和毁灭
有时候　我多想把这些云
从天幕上扯下来　撒在山坡上
让它们变成温顺的羊
撒落成草原上洁白的珍珠

时间被点燃

时间静止下来
被锈迹斑斑的分针秒针
绊倒在木栅栏横呈颓废的村庄
羊群衰老的蹄印
凝固成印花的图案
一些被青草点燃的秘密
像一根麦芒
刺向季节的心脏
思念静止下来
倾听你遥远的心跳
你随着一滴雨
滴落在水面荡起的波浪
很久以后
你的气息通过各种事物
来到我眼前
点燃久远时光里萌动的春天

病 痛

这些潜藏在我身体里多年的病痛
它们变幻着形状　躲避在谁也无法触及的角落
我无法用声音
把它们从邪恶的世界里喊出来
无法像消灭一只柔弱的虫子一样
摧毁那些强大的猛兽
我无法与之匹敌　只能眼睁睁地看着它们
将我完整的心肢解掉
用它们的巨型齿
尖型齿来瓦解一具与我背道而驰的躯壳
它们要在蓄谋已久的时间里
消磨掉我千疮百孔的梦
那些无望的挣扎
用它锋利的绳索作茧自缚
那就放过自己吧
用一滴泪水忏悔
用一首诗拯救
那些针一样刺进心脏的伤痛
让它们来挽救那些破釜沉舟的愿望
和望尘莫及的爱情

逃离现场

从那些散落在废墟里的生活中
抽离出来　或者会损失一些凌乱的布局
或一些刻骨铭心的细节　那些腐朽的
布满尘烟的现实　总是在制造灾难
或铺垫悲剧的伏笔　我无法安身在这
变与不变的间隙　升起或降落
这巨大的差距　逼迫我与世俗决裂
或许黑夜正好隐藏了一段生离死别的桥段
雨从天空抽离　绿色从春天抽离
浪漫的爱情从想象中抽离
喧嚣从乡村的木栅栏抽离
那些锥心刺骨的寒冷
还在原地扩充它的领地
而我已带着最后一粒火种
在月黑风高之夜　逃离现场

双手合十

我注定无法立地成佛
无法安坐在佛光闪耀的莲花台
用佛法救苦救难或普度众生
那些从天而降　坠落凡尘的罪
它是属于我的　又在我的血液里延续生长
般若波罗蜜　诵经成为一个望尘莫及的隐喻
布道者忘记了布施持戒
忘记了智慧带给我们的飞升
愿力带给我们的希望
它沉浸在众生之苦中　成邪成魔
突破底线的诱惑　是一把潜藏的匕首
人心是险恶还是仁慈
放在良知的天平上衡量
我无法立地成佛
无法用我的意念　来改写人类命运的格局
向美向善　向着温暖的方向

我只能默默祈祷
我只能双手合十

盛世欢歌

在鹤壁　妲己的店开得风生水起
几千年的道行　早已成炼丹炉里的火
女娲娘娘识破　妖孽们祸乱天下的阴谋
妲己变本加厉地把凶残
演绎得淋漓尽致　戏似乎已经演完
那些累积的罪恶　会不会变成一根青藤
紧紧地缠绕着人的心　妖的心
良心是一面照妖镜　刺穿邪恶占据的黎明

在鹤壁　妲己们莺莺燕燕花红柳绿
几世的修行　已脱胎换骨成另一道风景
女娲宫聚神时　斟满的那一杯酒
醉了多少英雄豪杰　月下美人
戏似乎已经演完　似乎又有了新的桥段
纷纷扰扰的爱恨情仇　用围剿的方式封锁或疏散
美貌和正义是一面旗　一首诗
用歌颂者的美誉　为盛世谱写欢歌

妲己　还在人间

一朵花怒放的青春

或许　是我病了
因为与你的一面之缘　激起的思念
浪花一样扑过来　又扑过来
让我在窒息的想象中
脸红心跳　又百感交集
遇见你　是天意还是命运的蓄谋
把那么普通的一天　变成盛大的节日

或许　是我病了
你无处不在的笑颜　在我眼前
像是迷雾　越来越浓得散不开的迷雾
类似妄想症病人固执的痴迷
让我在失控的欢喜中
瞻前顾后　又患得患失
遇见你　一朵花怒放的青春
在心上人的眼眸里　定格成永恒

一不小心就飞走的年

什么时候　亲人们都中途退场了
什么时候　年变得不像年了

再也没有一桌热气腾腾的团圆饭
再也没有父母热切的期盼
没有兄弟姐妹促膝围坐的圆
命运强行带走的欢声笑语
阴阳两隔的　不同世界的年
我追到记忆里　去与亲人们欢聚

这红红火火的年
这喧闹欢腾的年
这一不小心就飞走的年
这亲情的纽带永不断裂的年

它是多么珍贵　似乎一失手就会打碎
我沉浸在回忆与幸福搭建的梦里
除夕夜　多少风尘仆仆的身影
在回家的路上
多少积压在心里的亲情
沸腾的思念

而我无处奔赴　也无处团聚
一个人站在窗前　看漫天的烟火
一个人为所有人祈福　生者或逝者

我无法摆脱这些衰老的时间

我无法摆脱这些衰老的时间
它们用鞭子驱赶着昼夜晨昏
这些没头没脑的季节
盲目地奔走　我们被席卷其中
我们追着落叶　追着麦芒
追着朝阳赶着夕阳
庄稼在前方　山川在身后
奇花异卉招蜂引蝶
在衰老的时间里　万物紧随其后
在时间里　我们多么年轻
朝生暮死的植物　似乎在告诫众生
被时间戏弄　被时间迁移
我们置身在无形的牢笼
只有风　被时间遗忘
吹来了一群春天
又吹散了一堆废墟里
摇摇欲坠的心事

一部鸿篇巨制的诞生

这些千军万马左右奔突的文字
它们有时声势浩大　列队出征
有时又散兵游勇　鸡零狗碎
千万张脸　千万种表情
凑起来是一台空前绝后的戏
这些摇曳多姿　又风情万种的文字
轻飘得像一片羽毛　扭动着水性杨花的腰
这些被祖先在石头上打磨的符号
脱胎换骨成一个个会飞的精灵
它们散开的时候　形单影只不占立场
它们聚集起来　像一个温情的怀抱
或一个幽暗仇恨的深渊
都蛰伏在这些树叶般堆积的文字里
和它们手牵手游荡在现实的童话
或虚构的剧情　和它们一起赴汤蹈火
在飞升与降落中　打磨生活这块玉器
肉体与灵魂的厮杀与和解
这些统领我的文字　被我征服
又征服我　我们相互迷恋
又相互背弃　我必须抓住它们的尾巴
让它们调集万千大军
用正义的力量　来完成一部鸿篇巨制
这就是让我神魂颠倒的文字的神奇之处

易水之寒

易水之寒　寒光闪耀
沉默不语　它在伺机酝酿一场暴动
这凶猛的风　把无数的匕首藏于无形
它睁开或闭合　一只深陷漩涡的地球之眼
这些盘踞在冰川的冷气流
惊动一只蝴蝶　抖动艳丽的翅膀
这轻微的颤动　奔跑起来排山倒海
风醒过来　它怒视世界的眼睛
变成一个深渊　寒流铺天盖地
它们经过了城市村庄
经过了海市蜃楼
所到之处触手成冰
这些结在瞳孔里的冰
露珠里的海洋
这些扇形的　锯形的寒冷
剪六角形的雪花　撒在童话里
我穿着单薄的衣衫　正在赶往回家的路上
一颗滚烫的心　点燃诗的火苗御寒
这些放荡不羁的寒流
终会被我唾弃　并抛到季节之外
而春天终会在我的掌心
铺开漫无边际的花海

我的每一天
都有特别的名字

被揉得皱巴巴的一天
总是被混杂在许多天里
昏昏噩噩地过
它们没头没脑挤在一起
模糊了界线
像一只羊被赶进了羊群
没有个性的事物　总会淹没在群体之中
我需要用颜料　给每只羊打上记号
就像给每一天起上一个
大俗大雅的名字
我喊某个名字　某一天就会出现在我面前
这样我的每一天都与众不同
它们被安上植物的名字
动物的名字　风雨雷电的名字
这么多被人起好的又废弃的名字
藏在童话里　躺在诗歌里
躲在草丛里各种昆虫的名字
潜伏在海底的各种鱼的名字
振动翅膀飞在空中的名字
不管一生有多长
万物的名字　排着队
等待我们赋予它们新的意义
我的一生丰富起来

积攒在每一天不同的鲜活
它们串起来　就是一首唯美的长诗
这些诗的音符里　亲人们的劳作或欢聚
生命在幸与不幸间　起伏跌宕
这些珍藏在每一天里的记忆
变成了宝藏
多么幸福　我的每一天
都是越来越壮大的羊群
每一只都有自己的性格
每一只都显示它独特的颜色

冷眼旁观

让自己的情感降温
从那些烧得滚烫的状态里挣脱出来
反思一池水到沸点的祸患
回想那些可怜的
无人回应的迷乱
一朵花在枝头的回眸
与不堪摧残的衰败
似乎都源于爱情的病态
我不敢再奢望浴火重生
还是给自己狂热的诗情降温
让自己从妄想的角色中转换出来
驱散那些可怜又可悲的孤独
从情感的深渊里回到现实
我用大梦初醒的眼睛
来回顾人生的曲折
情感的温度从冰点到沸点
又从沸点回到恒温
需要多少淡定的心态
与规避爱情风暴的决心
让自己的情感降温
始终处于冷静又冷眼旁观的状态

宇宙的边缘

究竟哪儿才是宇宙的中心
木星火星水星土星
它们拼命地发出亮光
想占据宇宙最显赫的位置
可是有那么多喧嚣的星子
涌动成寂寞的银河
你听　星星用它们的语言唱着歌
只有风能听懂
这来自另一空间的浩瀚乐章
我总是在星空下仰望
看流星的眼泪串起曼妙的诗行
看蓝宝石的夜空在繁星下
晾晒不一样的憧憬
宇宙里究竟藏有多少秘密
它的胸怀能容下火山的熔岩　冰川的动荡
那是由无数个深渊组成的黑洞
滚滚而过的是星体的交相辉映
宇宙的疑问　是谁也无法解开的难题
我们在一道谜题里迷失了自己
也许中心是相对边缘的
而边缘是相对中心的
而我用包容之心来面对喧嚣与寂静
面对宇宙该有的样子

迷人的星辰

这些簇拥在一片星河里的兄弟姐妹
这些拥有响亮名字的星辰
它们被悬挂在我们头顶的天空
白天它们藏在光里
夜晚又拿出光来相互照耀
它们何其相似　却又截然不同
金星穿着耀眼的金线
水星穿着海水幽静的蓝
天王星海王星推杯换盏
它们借用光的马车　在宇宙巡游
人类何其渺小　只能借着夜幕仰望
这些在蓝丝绸的背景上流动的萤火
这些散落在宇宙梦里的破洞
这些飞翔或奔跑　静止或俯瞰的星星
在人类的眼睛里　都像一粒昂贵的宝石
只有放在心上人的手上
才显示它永恒的意义

谁不是深夜痛哭
清晨赶路

谁不是深夜痛哭　清晨赶路
凌乱的行李里装着茫然的未来
一张清晨的车票　一袋远行的干粮
泥泞的小路尽头　落下母亲颤颤巍巍的身影
似乎轮椅上的父亲　用粗糙的手掌
擦去沟壑纵横的脸上的泪水
已故的父亲　也一定在送我
我咬紧牙关　头也不回地走进夜幕
黑夜里　我看见一家人围坐在餐桌旁
吃着粗茶淡饭的脸上　洋溢着幸福
黑夜里　我看见 23 岁的姐姐
倒在风雪交加的回家的路上
与我们阴阳两隔　永不相见
黑夜里　我看见 26 岁的弟弟
在一场车祸中　五脏俱碎　撒手人寰
黑夜里　我看见中年患病的哥哥
浑身插满管子　在重症监护室里抢救
命悬一线　危在旦夕
这一个摇摇欲坠的家
能靠谁的坚强臂膀来支撑
我只是一个柔弱爱哭的女子
一路上别人的欢声笑语像尖刀
刺痛我脆弱的神经

我忽然　把头埋进臂弯里
没有人生活在同一片领域
没有人和你有相同的情绪
一路上的疲倦　灰尘　生活的压力
就让泪水把它们冲洗干净
生活仅剩的美好
等着我去牢牢抓住
心被炼成铁　又炼成钢
艰难的生活　又有何俱
谁不是深夜痛哭　清晨赶路

第三辑　阳光正在生长

我们所有的理想　信念与热爱
都不会被时间磨灭
这是我们的精神之光
它会一直亮着　直到照进未来

在时间中穿行

在时间中穿行　是一种致命的冒险
像风行走在水上　云行走在宇宙的虚空
这种铤而走险的事物　密集地分布在我们的一生
用它的枷锁　将我们小如火焰的信仰掌控
时间用它女巫的魔法　赐予我们青春容貌财富
纵容你肆意的膨胀　任性的挥霍
原来毫无节制为所欲为　如此潇洒
等你彻底丧失了奋斗的念头
命运就来收拾你的破败与衰老
把你从穷途末路上拉回来　收拾自己的残局
谁也无法对抗时间的把戏
它总是在逆转生命　改写过程
一个潦倒的草根　被推举到成功的巅峰

在时间中穿行　是刀刃上跳动的舞蹈
每一颗音符都会破碎　成为生命的祭品
可我们无法阻止它闪电般前行
也无法用缓慢的节奏控制它
时间的本质就是消灭一切
或许　我们最终都会变成碎片或灰尘
但我必须留下一首诗　让它与时间同行

在新疆

还要感谢我的父亲
在祖国召唤的时候
扛起钢枪　奔赴新疆

那时候　父亲多么年轻
在屯垦大潮中　擦亮闪光的青春
黝黑的皮肤映照着雪亮的犁铧
坎土曼上闪烁着太阳的光辉
地窝子里激发了奋斗的志向
父亲强健的双臂能举起荒原
镰刀把手掌上磨出的血泡
变成了麦穗　堆成金色的谷仓
蛮荒在后退　戈壁滩在后退
绿洲在父亲的手中站立起来
他把拓荒的使命和对祖国的忠诚
全部埋在了这片打上爱的烙印的土地
拓荒史里写满父辈的牺牲与奉献

父亲的选择与担当
也是我的　我也会像他一样
在祖国最需要的时候
用一腔热血来浇灌祖国
最生机勃勃无限活力的春天

地窝子

我无法想象　父辈们凭着怎样的毅力
和超凡脱俗的想象　打造出了地窝子的神话
犹如在空旷无涯的旷野　躲开虎狼的威胁
像一只鼹鼠　建造一个隐蔽在地下的宫殿
但父辈们建造的是一种自强不息的精神

我无法想象　地窝子向高楼大厦奔跑的速度
世界风云变幻　一座新城在戈壁滩上
抽芽吐穗开花结果　又努力地生长
父辈们超越式的思维和敏捷的行动力
让建设的步伐日新月异　又突破性的增长

如今　地窝子里热气腾腾的生活
已经模糊成遥远的记忆
在某个瞬间突然闪现　又被时光湮灭
毕竟它曾开启了一段艰苦卓绝的拓荒岁月

开花结果

如果说　开花结果是一种幸福
父亲的幸福　一定是因为我们
我们就出生在新疆
血液里流淌着南方与北方
我们身上有北方人的豪爽热情
也有南方人的细腻温婉
有父辈流血流汗不流泪的倔强
也会未雨绸缪心思缜密的规划蓝图
无私奉献成为一种闪闪发光的品格
成为我们这一代成长的基座
我们站在父辈的肩膀上
又开创了新的翻天覆地的生活
在新疆　草原高山峡谷湖泊
它们博大开阔的胸襟
陶冶了我们的性情
雄鹰胡杨红柳雪莲
它们用自己的风骨
为我们的未来树立了精神标杆
如果说　薪火相传是一种幸福
父亲的幸福　一定是因为我们
我们就坚守在他生前战斗过的地方

蓝色的赛里木湖

这像一只蓝色眼眸的湖
这像一只蓝色精灵的湖

赛里木湖哟
你这风姿绰约的湖
你有宇宙浩瀚的星空
你有星空中翻卷的波浪
你有波浪里洒落的碎银
你有碎银里涌动的霞光

你这千娇百媚的湖
你有动人心魄的花香
你有花香四溢的牧场
你有牧场上云朵般的毡房
你有毡房里热气腾腾的歌唱

你是大地手掌上的一颗夜明珠
你是美人眼眶里一颗纯净的泪滴
赛里木湖哟
蓝丝绸一样光滑柔媚的湖
蓝水晶一样清澈明亮的湖

我爱五星红旗

我爱五星红旗
爱你初升的朝阳　爱你笑脸上绯红的云霞
爱你枝头结满果实的红樱桃
爱你耀眼的光芒　爱你怦然心动的脸庞

多么地令人骄傲　你飘扬在祖国辽阔的疆土
多么地令人自豪　亿万中华儿女把你捧在心窝
你是灯盏　是火炬　是中华民族的精神坐标

我爱五星红旗
爱你被烈士鲜血染红的风采
爱你万众一心又不怕牺牲的革命意志
爱你玫瑰花瓣一样的浪漫主义情怀

多么地令人振奋　你在的地方　祖国就在
多么地灿烂辉煌　万众瞩目的
是你的日新月异繁荣富强
你是理想是信仰　是华夏儿女威武的脊梁

当我在党旗下宣誓

当我在党旗下　庄严地宣誓
飘扬的党旗告诉我
我就是围绕在党周围的一颗星
那浸染着革命烈士鲜血的红色告诉我
这是为争取自由与民主而绽放的娇艳
那为拯救伟大的民族而丧失的生命
用自己的血肉之躯捍卫了中华民族的尊严

把中国的历史往前推进
我们的民族曾陷落在怎样的黑暗之中
鸦片战争的硝烟　曾笼罩在中国的上空
八国联军的强盗们　堂而皇之地闯进我们的家门
烧杀抢掠都不足以概括他们的恶行

一个被列强瓜分的祖国
一个被迫丧权辱国的民族
这些身陷囹圄的痛苦的灵魂
这些任人宰割的麻木的躯壳

太久的忍耐和沉默
只能换来民族的危亡
有血性的中国人团结起来
建立一个党来拯救祖国

中国共产党　这是一个多么响亮的名字
多少人抛头颅洒热血　用生命铸就民族的荣耀
纵观历史的沧桑和辉煌
那些惨痛与屈辱的历史　一去不复返了

睡狮猛醒的中国　立足于世界民族之林
目睹祖国从衰落到繁荣的经过
我们更加坚定了自己的理想信念
保卫祖国　努力地成为党周围的一颗星

当我在党旗下　庄严地宣誓
镰刀与锤头告诉我
那些流血与牺牲通向的是和平的彼岸
那些英勇赴死的烈士们的英灵告诉我
要坚定信仰为民族的正义与解放而高歌
那些不畏艰难高举理想大旗的人们迎着朝阳
他们要用青春与智慧擎起中华的腾飞与希望

我有一个强大的祖国

我自豪我有一个强大的祖国

在今天这样一个伟大的时代
我可以自豪地说　我有一个强大的祖国

看看今天的中国
旧的观念旧的时代在我们手中划上了休止符
那些带着镣铐的舞蹈成为了一代人的记忆
而今　新的乐章在我们眼前铺展开来
人们把劳动的热情和创造力结合起来
着手规划新时代的宏伟蓝图

看看今天的中国
每一个人都追逐着自己的梦想
人们的思考力和想象力空前高涨
劳动的热情开遍祖国的角角落落
科技责无旁贷地引领着时代的节奏
保卫祖国建设家园成为时代新的号角

看看今天的中国
许多翻天覆地的变化让世界震惊
工业农业科教文卫　每一个行业都你追我赶
那些破败的厂房　那些陈旧的格局
被我们一次次推倒　又一次次重建
时代的车轮靠勤劳的人们推动向前

看看今天的中国
文明古国那沉寂已久的文明又焕发生机
中国的春天用一种前所未有的方式开启
梦想的力量从南方到北方　从北方到南方
这些星星之火可以燎原整个时代的光焰
我们迎来了一个繁荣昌盛的盛世中国

看看今天的中国
我们可以放心地将我们的青春我们的智慧
炼成一块砖　放进祖国这座大厦的基座
做最好的自己做社会最有活力的细胞
让正的能量在每个人心中传播点燃
中国的强盛　靠我们热爱祖国的信仰推动

看看今天的中国
陆海空铺开一张四通八达的网络
无限拉近世界与我们的距离
再也不是《诗经》里日出而作的中国
再也不是被人欺凌瓜分的中国
一个日渐强大的中国在我们手中高高擎起

看看今天的中国
每个人的力量都汇成了洪流
那些平凡的岗位　也能释放独特的光芒
最好的时代在平凡的我们手中
也能写出不同凡响的时代强音
一个前所未有的新高度将被一次次刷新

在今天这样一个伟大的时代
我可以无比自豪无比骄傲地说　我有一个强大的祖国

保卫祖国

总是从历史的废墟中
懂得什么是以强凌弱
从那些残垣断壁中
人格在屈辱地沦陷
历史把它的一块块伤疤
砌在金碧辉煌的古都
总是从声嘶力竭的哭喊中
听到一个王朝沦陷的丧钟

多么不堪回首的记忆
被烧杀抢掠后的民族只剩下苦难
从苦难中涅槃重生
这需要多少英雄豪杰的振臂一呼

觉悟和觉醒的是民族的气节
每一个中国人都要争回一口气
为了防止历史的重蹈覆辙
该创业的创业　该站岗的站岗
每个人都是在自己的领域里精益求精
还有什么强权能按下中国人倔强的头颅
历史一路上颠簸前行
盛世的中国在引领世界的潮流
不能忘记的耻辱是丧失主权
不能逃避的责任是保卫祖国
我用悲愤的情感在热爱我的家园
我用创造的方式在迎接盛世的欢歌

见证辉煌

是从万众瞩目的期盼中
崛起的盛世中国
是祖祖辈辈用民族的精魂
擎起的盛世中国

经历过漫漫黑夜的人
才会奋不顾身地扑向灿烂的霞光
经历过饥寒交迫的人
才体会到衣食无忧的幸福滋味

站在新的时代　新的视野
我有幸见证了祖国的繁荣昌盛
见证我们的青春
在汗水与拼搏中闪烁的光辉
见证几辈人的理想
在冲破云霄的那一刻成为现实

我们相视而笑　或相拥而泣
是因为能见证祖国母亲
挺起那弯曲已久的脊梁
那些背负在她身上的
屈辱的贫穷和愚昧
就像刻在我们心上的伤疤

时代的号角已经吹响
我们不能再犹豫和等待了
灯塔和火把引领前进的方向
热血和激情必须泼洒在祖国的疆土
一个睡狮猛醒的中国
已昂首矗立在万丈的光芒里

这样的时刻　我们等待得太久了
甚至忘记了一个民族蕴藏的巨大能量
忘记了中华儿女能够创造新的奇迹
攻坚克难反腐倡廉　每一个决策推心置腹
国际区域经济合作　正重新改写中国的命运
人类的命运终于紧紧地维系在了一起

在祖国最需要的地方
大国工匠　铸造国之重器
在祖国最需要的地方
希望的梦想　星火燎原

我有幸见证了祖国的飞速发展
见证了　被我们的双手放飞的最好时代
见证了　生活的策马奔腾与日新月异
热爱祖国　建设祖国　保卫祖国
成为我们最坚定最迫切的愿望
国富民强是这个时代的最强音

是从东方西方多元文化的碰撞中
走来的盛世中国
是从黑眼睛蓝眼睛灰眼睛的注视下
腾飞的盛世中国

军垦赞歌

一

英雄的战士吹响第一声号角
亘古荒原上掀起第一犁热浪
寂寞的戈壁点燃第一簇篝火
青春与热血抛撒第一缕曙光

军垦战士　来自五湖四海的英豪
军垦战士　奔赴屯垦戍边的前沿

你驻守在天山南北　心系黄河长江
你不畏艰苦显本色　情愿扎根边疆
你无私奉献铸伟业　戈壁变成花园
你艰苦奋斗谱华章　边塞千古传唱

军垦战士　功勋卓著热血洒疆场
军垦战士　共和国的崇高与辉煌

二

这是一片从未开垦的土地啊
荒原在这里寂静地歌唱

是谁引来火种
那燃起的篝火　放飞的炊烟

让戈壁滩飘荡着激情的交响

是谁带来谷粒
那一簇簇秧苗　绿色的诗行
为戈壁滩披上曼妙的新装

是谁捧来雪水
那一串串音符　流动的旋律
为戈壁滩献上甘美的琼浆

这是一片正在开垦的土地啊
荒原铺开绿洲最雄浑壮阔的画卷

三

百万将士　用青春书写荒原的悲壮
他们脱下军装　国徽依然在心头闪亮
他们凯歌进疆　担负拓荒的光荣使命
他们屯垦成边　用生命捍卫国土的完整
他们无私奉献　用理想和信念筑起绿色的防线

军垦战士　用热血孕育绿洲的神韵
他们扎根边疆　几代人用生命浇灌万顷良田
他们自强不息　中华儿女自有威武不屈的脊梁
他们艰苦创业　为巨龙腾飞注入源源不绝的能量
他们无怨无悔　成就共和国最华彩的乐章

四

你是天山的雄鹰　大漠的胡杨

扎根沃土　根须触摸大地的心脏
追逐理想　超越高山之巅　云海之上

你是荒野里的劲草　高山上的雪莲
疾风劲雨　摧不毁你坚韧不拔的意志
冰雪严寒　挡不住你姹紫嫣红的绽放

啊　铁血男儿　巾帼女将
英雄的军垦儿女驻守在祖国的边疆

五

绿洲拔地而起　矗立在亚洲的心脏
西部巨龙腾飞　托起历史的灿烂与辉煌

绿洲风景如画　天山顾盼南北横贯东西
戈壁明珠璀璨　雪莲独放异彩天下奇香

工厂林立　齿轮的运转尽在键盘的操控
沃野千里　田野里采棉机在纵情歌唱

科教文卫　思想技术的穿越与国际接轨
招商引资　国际的品牌也倾慕西部的热土

时代跨越发展　传递拓荒者的理想
绿洲拔地而起　矗立在亚洲的心脏

六

在广场上　“军垦第一犁”成为历史的经典

万众景仰的倚天长剑直入云天
在广场上　王震将军铜像前人们肃穆凝思
多少老军垦还沉浸在拓荒的激情场面

不知什么时候生活铺开了新的画卷
琳琅满目的商铺　车水马龙的人流
楼群林立的城市　五彩斑斓的生活
奇装异服的人们　追求个性的展现
莺歌燕舞的老人　怒放生命的蓬勃

多元的色彩　是绿洲新城的色彩
多元的建筑　是思想碰撞的闪光
多元的文化　是军垦文化的折射
多元的生活　是几代人梦想的总和

我们肃穆　我们沉思　我们仰望
军垦的颂歌　是父辈用生命书写的诗章
我们奋斗　我们拼搏　我们开创
军垦的精神　在这里传承　又从这里起航

挺拔的白杨

看　那一棵棵挺拔的白杨
看　那一片片挺拔的白杨
多像手握钢枪的士兵
穿着绿军装　整齐划一
站成一个排　一个连
站成一个团　一个军
站成排山倒海
站成汹涌澎湃
站成一种阵势
站成一种风骨
站成屯垦戍边的新形象
站成守边固防的新长城
戈壁荒滩又有何惧
酷暑严寒又有何妨
看　那一双双磨出血泡的手
看　那一张张久经风霜的脸
铁锹翻动了荒原的沉寂
信仰点燃了心中的梦想
我们要种下十棵一百棵
一千棵白杨
我们要种下一万棵十万棵
一百万棵白杨
种下古尔班通古特的春天
种下荒原嘹亮的绿洲

种下戈壁滩惊艳的蜕变
种下屯垦戍边的理想信念
古尔班通古特的白杨啊
就是这么的不同凡响
它们经过多少双手的浇灌
经过多少双眼睛的期待
经过多少颗心日日夜夜的守护
才长成威武雄壮英姿飒爽的模样
才长成了捍卫祖国边疆的绿色防线
啊　古尔班通古特的白杨
成千上万棵白杨啊
像一首颂歌　像一面旗帜
像一个庄重的敬礼
像一曲雄浑壮阔的交响

对劳动的热爱

对劳动的热爱
源于烈日下父亲额角一颗晶莹的汗珠
我在这颗汗珠里看见了碧波荡漾的麦浪
麦子努力生长　抽穗拔节的声响
像一首音韵美妙的乐曲
它们捧出颗粒饱满的果实
整个季节　父亲像辛勤的蜜蜂
耕耘成了他最热爱的事情
他的每一次耕作就像在山川河流上练兵
密密的庄稼　就像排列整齐的战士
他们挥动坎土曼的万丈豪情
他们躬身细作的万种柔情
建设祖国　守卫边防
在父亲身上　我看见了军垦战士的情怀
他健壮的身躯　在绿色金色的田野里忙碌着
为幸福充实的生活　插上了翅膀
父亲的手掌捧献给我们的是精神与信仰
对劳动热爱的
种子深深扎根在我的心上
又像一颗闪亮的钻石
镶嵌成我一生最闪耀的荣光

关心粮食

一个靠着想象力飞翔的人
不需要被现实的枷锁所羁绊
物质日益丰盈
却瘦了二十四节气
忘却计算春种与秋收的时辰
我们辨不出谷子稻子粟米黍子
面朝黄土时
脊背上太阳的碳火盆
是烙在父亲肩头的
挥汗如雨的诗行
母亲扬去麦子上轻浮的谷壳
把金闪闪的谷粒送进小小的谷仓
在美味佳肴面前
粮食把最美的赞誉拱手相让
它只恪守本分　沉默地静立一旁
关心粮食
就是关心肉体与精神之间
最薄弱的环节
就是最贴近大地心脏的那部分

敬畏粮食

这些与我们息息相关的粮食
这些被我们视而不见的作物
我可以在一粒种子里
看见宇宙的纵横
世界的风云变幻
看见人类曲折的进化和灵魂的演变
粮食像一艘小船
人类轻描淡写或浓墨重彩
带入了不同的境遇
那些被我们珍惜
又被我们忽视
被我们吝啬又被我们浪费的粮食
不断地激起我的愧疚之情
它们像是我忠厚的父辈们
起早贪黑要努力种好的粮食
我在他们粗糙的
粘着泥的手掌上看见收成
这些饱满的　新鲜的
黄澄澄白花花的粮食
这些唱着跳着跑着叫着的粮食
它们总是竭尽全力地付出
像一株麦子献出了麦穗
我的父母掏空自己的身体
埋进土里成为粮食最需要的补给

我敬畏粮食　敬畏一粒小小的作物
它有巨大的力气　能推动人类文明的进程
有力拔山兮气盖世的英勇之气
这些粮食塑造了我们和一个伟大的时代
这些粮食是我的父母用血肉之躯浇灌
我终于懂得了粮食
这被阳光照耀　被雨水滋养
被良知护佑的粮食
它撑起了我们这个民族的铁一般的骨骼
与英雄的气概

南方与北方

一

这是一片混淆的地理概念
飞鸟用它的翅膀推动天空
推动气团里每一朵开花的云朵
村庄跟随着云朵走向远方
沙漠跟随每一颗沙粒在风里穿行
那些看似固定的事物
它们用另一种方式在时间里行走
默不作声又锲而不舍

二

我的血液里流淌着南方
我的空气里弥漫着北方
这两个地域分明而又方向相反的事物
同时闯进我的灵魂
那些扑进我生命里的柔婉
带我回到烟雨飘摇的江南
那些冲出我性格的豪爽
又把我留在天地苍茫的北方
南方和北方　像难舍难分的左手和右手
像一起跳动的左心房和右心房

三

我从祖先的血液里追忆着南方
从越剧忧怨的眼神里遇到了南方

从一池荷花的馨香里嗅到了南方
软语娇羞的女子　貌美如花的水乡
我的江南　离我很远
远成一首诗一幅画
一个多少次奔赴　又远离的梦

四

北方用强悍的太阳照耀我
用风狂热的姿势拥抱我
我懂得一粒麦子的含义
懂得一滴水的珍贵
北方的外在是粗砺的
坚硬的外壳下也有万千柔情
它的纵横辽阔　豪放悲壮
只有懂它的人　才对它情有独钟

五

一切事物都在行走
用它们隐形或显形的方式行走
南方走向北方　北方走向南方
海洋走向沙漠　溪流走向山川
地理位置上看似不动的版图
都沉潜或漂移
用哲学削减的方式
用悖论增加的方式
让我的南方和北方
用抱头痛哭的方式相认
用生离死别的方式告别

神秘的敦煌莫高窟（组诗）

佛　心

或许　莫高窟最奇妙的
是它隐藏的那部分
或许　万道佛光普照的地方
是人心融汇的慈航
一千年的开掘　虔诚的供奉
只为迎来太平盛世的欢歌
菩萨们双手合十
静坐于时间的长河
他们表情各异俯瞰人间
时间在此刻已消失
一千年也只是一道闪电
那些居心叵测的灰尘
想粉碎一切掩埋一切
它们撕咬着腐蚀着
菩萨的佛面金身
但佛心坚若磐石
护佑着苦难的众生

被时间藏匿

莫高窟在时间的洗练下更纯净
一部分被时间藏匿

一部分被定格成永恒
没有什么可遗憾的
残缺的部分留给后人想象
一千尊佛如盛开的花瓣
把莫高窟千年的修行点亮
佛祖慈悲的默默祈愿
击碎时间的禁锢与魔咒
穿越千年　依旧来到我们面前
让坠落尘世的心再一次起航

敦煌　敦煌

每一次风吹过
总是撩起一段神秘的过往
鸣沙山呼啸的沙粒述说着
多少个朝代的繁华与凋敝
时间在奋力挖掘
它曾拼命掩埋的一切
敦煌的辉煌剪影都留在
莫高窟斑斓的墙壁上
如此庞大绵密又华光四射
富饶又生动的经变梦
在万千尊佛光的照耀下
蓬荜生辉万古长存
每一次风吹过
总能听到佛经诵读的恢弘
前世今生的流转轮回
总离不开善的修行
敦煌　敦煌

佛祖开悟修炼得道成佛的地方

飞天　飞天

敦煌莫高窟的佛光千年不灭
即使沙尘来袭　岁月侵蚀
曾经的辉煌　依旧闪闪发光

佛祖端坐的地方祥云缭绕
菩萨双手合十　仪态万方
飞天反弹琵琶　冠盖群芳
无数的飞天　凌空起舞
给盛世的王朝抛洒甘露
给坠落苦海的众生献上吉祥
飞天不知疲倦地飞过了千年
轻盈柔媚的身姿　惊艳了时光
她们毫不费力地将美推向了极致
飞天　飞天　一个贯穿古今的神话

历史的一束光亮

时间无法掩埋历史的真容
我们跟着风　跟随远古的气息
来到寂静无声又满面尘沙的敦煌

一切似乎都静止下来
但莫高窟内部的喧响与华光
照耀着丝绸之路某个时期的巨大辉煌

历史就像一束光能穿透时间

那些色彩斑斓的壁画与佛龛
总能吸引我们找寻前世的身影

贸易打通了种族与国界的脉络
丝绸提升了人类的审美高度
繁荣景象与佛祖的灵光交相辉映

时间无法掩埋历史的真容
我们被丝绸柔美华丽的梦牵引着
来到熠熠生辉　光彩夺目的敦煌

淇河　一条孕育诗歌的河

淇水悠悠　几千年的光景
映照在淇河的记忆之中
谁在摇桨　谁在放歌　谁在淇河两岸
点燃了淳朴的民风　点燃了战争的硝烟
你听　那些从诗经流淌的歌声
在淇水粼粼的波光中　闪烁着光辉
蒹葭苍苍　呦呦鹿鸣　皎皎白驹
先民把生活的万千滋味种进泥土里
让它们抽穗　拔节　开出诗歌的花朵
可伴随冷兵器时代　青铜大鼎上幽冷的寒光
战争的铁蹄踏碎了　一个王朝江山易主的悲歌
淇河用它敞开的怀抱　接纳或隐藏
那些刻骨铭心的爱　或株连九族的痛
多少王朝波澜起伏的兴盛或衰败
多少英雄为江山美人权谋的战火
时间会把它们统统埋葬于
淇水的纯粹与清澈之中
淇水悠悠　几千年的光景
像是一个爱情的迷梦
一段神话的传说
或是　一首动人心魄的诗章

朝歌　朝歌

我屏住呼吸　怕一丝声响就惊动了
沉睡千年的朝歌
怕一声鸟语就会惊醒
一个声名显赫的王朝

多么神奇的遇见　时间和空间被凝固
又被重新解构　我们可以毫不费力地行走
在任何一个朝代　看吧　朝歌城旌旗招展
战马嘶鸣　战士们的铠甲照亮妖娆的山河
权倾朝野的君王　把他贪婪的野心
供奉在历史的祭坛　把他的横征暴敛
婉转地嫁祸给一个弱女子万千的罪状
或许人面桃花是错　红颜祸水是错
荒淫无度的王朝　写下妖孽横行的传说
忠肝义胆是错　直言相谏是错
朝歌　朝歌　你用超乎想象的繁华
铺开三千年前最辉煌夺目的画卷
又用一个君王最残暴的人性之恶
断送了一个祸国殃民　生灵涂炭的时代

我屏住呼吸　怕一丝声响就惊动了
沉睡千年的朝歌
怕一声鸟语就会惊醒
一个声名显赫的王朝

疼　痛

那射向英雄的箭啊
愧疚的　愧疚的锈蚀在时间里
滴落在尘土里的痛啊
荡漾在罗江浅浅的或深深的波纹里
英雄不死　埋葬他的是战马的嘶鸣
是洇红的战袍　是将士们悲痛的呼号
是苍天悲泣的一滴泪
是飞起来告急的一封血书

那射向英雄的箭啊
愧疚的　愧疚的跌落在历史的硝烟里
那洞穿人心的痛啊
在落凤坡升起又降落的层层迷雾里
英雄不死　千年的松柏在寂静里歌唱
凤凰不落　用它的传奇光耀这惊鸿一瞥
信仰不灭啊　用忠肝义胆写下这心灵的壮阔

罗江　罗江

一条江从我的心上流过
像一首舒缓的悠扬的乐曲
从摇曳多姿的裙摆
到高音部推开窗子的明亮
凤凰敞开歌喉的清晨
绿色的乔木灌木拿出画笔
画飞翔的花朵　画飞翔的果实
画落凤坡浓浓淡淡的忧伤
这些闯进我眼睛里动人心弦的
爱和羞怯　从我怀里逃脱
又在前方闪现
像一条波光闪耀的河流
用它柔软的诗意
歌颂硕果累累的金黄和谷仓
罗江　从一个地域符号
在我心里荡漾出一层层诗意
像一个思念的逗点
像一缕色彩明艳的光芒
像一段深深浅浅的记忆

寂寞的青苔

这些爬满古城墙砖的青苔啊
寂寞的恬静的　拥抱着那文字斑驳的砖石
目光慈爱　又闪耀着寂寥的光辉
蜀道的艰难　从断崖峭壁一点点转移
用时光缓慢的风速　将那些深不可测的艰难
将那些痛彻心扉的灾难　转移到难以揣测的人心
木栈道悬挂在时间琐碎的颗粒里
命悬一线的是一个真实的虚构或虚构的悖论
几千年的举步维艰　是为了等我
用一首诗与你并肩同行吗
这些爬满蜀道墙砖上的青苔啊
注视着这细微的或猛烈的变化
温柔地簇拥着这喧闹或险象环生的宁静
蜀道走在前方或落在身后
都是那么明快又意韵悠长

精神之光

如果我不是我　那我又应该是谁
时间像脱落的灰尘
从我的眼睛里或皮肤上逃离
那些因为被抽去了框架
而塌陷下来比较凌乱的部分
颓废而失意地承载着我的孤独
它们那么纤弱　无枝可栖
那些巨大的阴影　被无形的力量粉碎
如果我仅仅用一具皮囊
来确定我存在的意义
那么存在本身就是虚无
我身体里藏匿着一个银河系
无数颗星汇聚在一起就是信仰
是光芒万丈的青春和拼搏
那些试图将我们消灭的
邪恶又霸道的时间
用另一种方式与我和解
或终身为敌　一些真相让我们不寒而栗
有些事情不可抗拒　也无法退让或妥协
既然如此　那还有什么恐惧
把时间要带走的一切　都交给它吧
终有一天　我们必须向时间投降
变成一堆堆散落的白骨
但有一种东西不会被时间磨灭
那就是我们的精神之光
它会一直亮着　直到照进未来

阳光正在生长

阳光正在生长　它推开婴儿的睡眠
好奇地探出头来　世界就不经意地跌落
在它灼热的眼睛里　这些五彩缤纷的光芒
聚集在一起又飞散出去　它们任性地扑向人间
这天使的热爱　让人的心暖起来
大地暖起来　阳光借助植物的力量
努力生长　它是要让所有的事物都日夜拔节
枝繁叶茂　长成不一样的景象
阳光正在生长　它要全力以赴地闯进
宇宙的核心　击碎那些要命的阴霾
那些埋伏在路上的灾难或风暴
它冲出来要消灭一个恢弘的歌唱
但阳光正用它强壮的身躯悬挂中天
它七彩的光线正以惊人的速度
直抵人心　温暖正在流传
阳光以光的名义　普照四方

第四辑　散文诗:不可靠的时间

我多么渴望有一束光
照亮我黯淡的灵魂
也许我能在这些透明
又五彩斑斓的光里行走
宛若灵魂漂流在时光的海上

寂静的夜

这时候，时间也变得温柔起来，黑夜似乎要把全世界湮灭在黑暗之中，唯有你我被一束诗的微光照耀着。

时间变得多么宁静，没有一丝声响，那些推波助澜的诗句从你的心底跳出来，又钻进我的心里。

我们在诗的簇拥下享受时光，多么美，多么明亮，这些闪闪烁烁的诗行引领我走向梦的远方。

多么不可思议，两个骄傲的灵魂在此时相遇，诗神用她的掌心为我们铺展一块灵魂的净地，我们用婴儿般纯洁的眼神彼此注视着，诗歌在前面张开了翅膀。

寂静的时光

时间在它的分针秒针上跳着欢快的舞蹈，把那些馨香的诗歌的花瓣撒落在我们身上，两颗坚贞不渝的诗心轻轻碰撞，这样的碰撞是那样的危险，但寂静的时光在轻轻歌唱。

我还停留在这些博大又精美的诗歌里，乘着小船泛舟海上，抑或在湖边采莲，穿越不可能的可能，直至抵达灵魂深处的奇异景象。

时间似乎正一步步走向我们的反面，但这些动人的安宁在雪花曼妙的芬芳中徜徉。多么令人回味！与你在浸透着诗歌味道的夜晚奇迹般地相遇！

深　渊

思念像是一个巨大的深渊，我被风裹挟着在不断地坠落，还有那些飘落的树叶，我们被一种巨大的气流包裹着、旋转着，上升或下降，在宇宙的中心或之外。

但我无法逃离这些细小的思念，它们像铺天盖地的飞蛾，向着我或我的未来，我无法找到一个通道来抵达你的真心，我只能驻足暗夜或白昼，让时光的刻刀将这些疼痛镂空。

有时候，思念多么无力，它牵着你奔跑或将你弃之不顾，而你终将义无反顾。有时候，它又是那样亲切，像春风拂面，你会忘记了时间，追随它奔向远方。

我的心在漫长的等待中饱受磨难，这些寂寞的灵魂也会独自品尝这尘世的沧桑。

流转的时光

也许，生命原本就是流动的，那些透明的时间，像一把黄金的箭，被击中的是那些宿命里的谜团。

我无力抓住时间之手，那些从我们指缝间漏掉的可能是你我短暂又遗憾的一生。

那些飘浮在我眼前的，只有一些破碎的记忆，它们浮出水面或沉落到海底，覆盖了一个个烟雨飘摇、舞榭歌台的王朝。

时光流转，无边的苦海里有多少浮浮沉沉的灵魂，谁也无力拯救谁，谁也无力扭转命运的航向。

我多么渴望有一束光，照亮我黯淡的灵魂。也许我能在这些透明又五彩斑斓的光里行走，宛若灵魂漂流在时光的海上。

灵 感

你多像是藏在暗处的灵感，闪闪烁烁又飘忽不定，在我眼前飞过，又飘然而去。

我喜欢这些不可预知的灵感，它们闯进我的世界，充满好奇，它们像一群小小的魔法师，让这些被统领的文字纷纷长出翅膀，它们要带着我去做一次奇幻的旅行。

而我被灵感迷惑，以为它是一剂灵丹妙药，它总是在一群文字中呼风唤雨、神通广大，而我醉心于它的异彩纷呈和变化多端。

这些灵感总是令人难以捉摸，一会儿与你促膝相谈，一会儿又抽身而去，让我跌落在现实的谷底。

你多像是这些缥缈的灵感，来如烟雨，去如微尘，一次次席卷我的内心，扬起无边的风暴。

突 围

我知道，这些焦虑的想法搏斗得不可开交，我无法平息这内心的暴乱；我知道，这些风平浪静的表象下是自己与自己的征战。

我永远无法将自己的想法一碗水端平，我无法舍弃那些要命的思念，这看似与我无关的事物，却折磨得我肝肠寸断。

这要命的火星子溅到哪里，哪里就会被来势汹汹的火焰攻占，我的白天与黑夜，我的废墟一样虚无的想象，我的撕心裂肺的惆怅，都被烧毁吧！

我多么想从这个破败的现实中突围出去，放弃那些世俗的念头，放弃这么多年可有可无的修炼，放弃那个与我为敌的自己。

我紧紧地抓住这命悬一线的思念，我知道，它对我多么重要，让我从喧嚣的世界抽离出去，找到属于我内心的宁静。

不可靠的时间

在这些可靠与不可靠的时间里，我们行走或驻足张望，四周都是不可预知的危险。谁也不知道时间会怎样处置我们，但它们的目的是要把我们悄悄地送进坟墓。

这是多么可怕的现实，不知道哪一天我们就会生离死别，成为时间的灰烬。

我多么想多看你一眼，在我还能够刻骨铭心地爱着一个人的时候，我多么想捧读你的人生，让这些温情带我逃离片刻的迷惑。

在这些不可靠的时间里，我拼命打磨自己的意志与信仰，我要用我的方式留给世界一点声响，哪怕只是一声低语。

这些危机四伏的时间，它总是伺机毁灭我们的一生。而我们只能让心与心互相照耀、互相取暖，来重塑一个被时间掌控之外的世界，那是我们的伊甸园。

徒　劳

是的，一切都是徒劳的，即使是对抗，也无济于事。

我在自己的世界里颠沛流离、固步自封，用那些荆棘与刺玫瑰搭建着一个属于自己的宫殿。

我是那样固执，把自己包裹在一个硬硬的壳里，以文字为伴，蚕食那些破败的寂寞，用悖论的方式编织自己的神话。

可是生活总是朝着我们相反的方向，它总是把我们带到那些无法预知的世界。

你的出现，多像一道划破夜空的闪电，我的双眼被重重刺伤。多么痛苦的交集，我只能静静地仰望。

一切都是徒劳的吗？不，期望这些破碎的思念也能经得起时间的考验。

懂 得

我相信,你一定在一秒钟的时间里就看穿了我的心,虽然我把自己包裹得密不透风。

来自你精神世界的巨大吸引，让我所有的注意力都倾向于你左右的方向,我为什么跟自己较劲,或许命中注定,我们终究会有满盘皆输的宿命。

可是,我为什么要屈从于那些似是而非的观念,我为什么要放弃心灵的召唤,那是来自我心底最动听的声音,像风敲打着时光的键盘。

也许,我们之间还隔着那些舒缓的或激烈的现实,横亘在世界面前的还有那么多的沉重的杀戮和密集的战争。

这一份思念显得多么渺小，但在我的内心又是如此的宏大。

我相信,你一定会懂得,一颗因为爱而变得卑微的灵魂是多么的单薄,但它充满温暖,想给世界留下一点自己的颜色。

出 逃

多么想和你一起逃出这世俗的牢笼，多么想在时光的音符中拨动时光。

在月黑风高的夜晚，在深沉悲怆的黎明，花朵们成群结队、招蜂引蝶,它们要鼓动季节的暴动,来颠覆一个不属于自己的时代。

我孤零零地行走在这无处不在的喧嚣之中，那些理想的皂泡在我眼前释放它瞬间的惊艳和悲剧的情节。这些莫名其妙的虚无要把我逼上绝境，镜花水月的爱情、穷途末路的悲叹，这些都是为我的逃离所做的铺排。

也许这小小的偏离，不会粉碎我的期待；也许这样的出逃，费尽了我此生全部的激情与勇气。

幸福的第一日

多么幸福的第一日，上苍赐予你的夜晚和白昼，你都把它用到了极致。

从出生的那一刻，我们就注定了在路上。你在风里行走，你在黑暗中行走，这无休止的行走会贯穿你的一生，直到你终于愿意放下这些行走。

这些夜晚和白昼相安无事，它们就像是事物的两面，像一对敌对又友好的战士，它们打着哈欠到时间就相互交班。

人类被这幸福的景象迷住了，白绸缎一样的白昼，黑丝绒一样的黑夜，宛如两匹时间的快马，这样界限分明的人生呈现在你我面前。

多么幸福的第一日，我愿意用我的白昼交换你的白昼，用我的黑夜交换你的黑夜，把它们打造成金色的马鞍，在时间的马背上翻山越岭，穿越迷途。

这是我们相遇的第一日，神说，彼此相爱的人会看到光，于是便有了无限的光，在我们眼前铺展。

有温度的旅程

我们的旅行才刚刚开始，那些从你的心底、我的心底飞出了那么多闪烁着灵光的天使，它们把四周点缀成奇花异卉的秘境。

那些生活的陷阱和魔窟就藏在某处，我们看不见的事物在超自然之力下生长，你毫不松懈地攀援只为抵达某种高度，那些横亘在你面前的艰险，你都视若无睹。

我多么喜欢仰望着你，你的背影里也有无限的风光。

时间在我们头顶撒下花语，你的眼神、我的眼神像射向未来的箭，穿透灵魂的深度。

也许，我们紧紧相随，可以穿越那些灾难或困境；也许，我们会有片刻的分离，但思念会在前方铺垫出新的重逢。

这样温暖地行走，让我的旅程有了温度。

美妙的旅行才刚刚开始，我们可以肩并着肩，手挽着手，像一对长着翅膀的天使，在黑夜或白昼翩翩飞舞，尽情享受这些被解救的空气。

幸福的追随

像久别重逢，我们羞涩地打量着对方，前世的缘，像一场正在放映的电影，有些场景已经远去，有些场景正在发生，但是它们却潮水一样向我涌来。

我们像大自然两株不同的植物，阳光下开出不一样的花朵，不同的颜色、不同的形状，但这又有什么关系？还有什么比两颗相互爱慕的灵魂更有吸引力？

放下那些要命的伪装，放下那些被禁锢的想象，跟着你走向一个更广阔的星系，我们要自己开创自己的宇宙。

我们携手同游每一个遥远或贴近的星体，它们在梦境里打闹或嬉戏，把银河系的水花撩泼到我们身上，我看到了你发出的光，照亮了整个漆黑的夜幕。

而我一定是一颗折射你光辉的微弱的星子，用仰望的姿态追随在你左右，但这是多么幸福的追随，向着爱、向着光、向着远方。

人生的峡谷

这些分布在人生的峡谷，多像一道触目惊心的伤疤，这些被狂风暴雨撕裂的时间，被泥石流摧毁的信念，比刀锋还锋利的狭隘与灾祸。

这开阔或险恶的峡谷，那些隐藏或坦露的暗礁，它们会瓦解一条巨轮的扬帆起航，它在阴暗处生长，带着荆棘的芒刺，让遍体的伤痕，敞开在斑驳的山谷。

这些把自己囚禁在困境中的峡谷，它们焦虑或禁忌，奔流或安宁。这喧嚣的炼狱的火，旷野的风，统统都遗忘在自己的眼泪里。

这些横亘在我们人生中的峡谷，让我们越挫越勇，只有意志坚定、坚守信仰的人才能跨越。

在梦境中飞奔

是你把我带入了一个全新的世界，一个比梦还要绚丽迷惘的世界，奇花异卉、飞禽走兽，这些光怪陆离的景象在眼前穿行。

道路在天空、在海洋、在时光隧道里穿梭，相互交错着纵横驰骋的天意，而你我是两只寂寞的飞鸟，在梦中穿行，这些时间的碎片，记忆的碎片，像色彩明丽的花朵，把梦装扮成富丽堂皇的宫殿，我们闯进了这诗歌的秘境。

是的，诗歌用它枝繁叶茂的手臂牵引着我们，开启这妙不可言的时光之旅。

我看着你，像失散已久的亲人。那些藏在心底的泪水，汹涌而来，而我把它们消灭在黑夜，只为这百感交集的相遇。

再也没有人能走进我的心，如入无人之境。这些世俗的篱墙高深莫测，我在这扑朔迷离的梦境中飞奔，向着你离去的方向。

时间的碎片

我拿着剪子要拼命地剪碎这些时间，让我们的一小块时间变成无数块,我是多么贪婪,想占有你的每分每秒。

多么想停驻在此刻,梦一般地度过我短暂的一生;多么想依偎在你的身边,小猫一样安静地看着幸运开出的花朵。

我们的旅程多像上苍随手抛弃的一粒石块，抛物线的起始就是我们相遇的长度,没有多一分一厘。看它多么短,还没有拇指和食指伸开的长度，可是它在我的心上却有绵延一生的厚度。

多么想日日夜夜地厮守在一起,让眼睛喂养眼睛,灵魂喂养灵魂；多么想把无边无际的分离埋葬掉，把相思变成一首诗,一个梦。

我们走上了相反的方向

多么可怕的时刻终于来临了，上天派来的两个魔鬼站在了我们中间,我们被拖拽着向两个方向而去,我拼命地呼喊,却发不出一丝声响,我拼命地伸出手,却抓不到任何可靠的稻草。多么可怕的命运!

我们注定要经历离别的痛苦吗？注定要阴差阳错地走完一生。我又被重重地跌落到现实的泥沼中了，这些生活的蛛网,是我作茧自缚的佐证,它在此时与我为敌,似乎要把我逼上绝境。

我无处可逃，思念的碎片下着一场暴雨，我站在十字路口,向左向右张望着,不知道哪个方向才是我的归宿。

没有你的世界,就没有光;没有你陪伴的人生,就没有温度。这是多么残酷的现实,我的人生被寒冷套牢。

我必须接受这残破的人生,接受痛心疾首的往昔,接受这伤痕累累的记忆,我必须接受这被肢解的美好,接受这似是而非的虚无,接受这惊心动魄的旅行。

多么可怕的时刻终于来临了,恶魔把我们拖上那些呼啸而来的列车,你我呼喊着,向着彼此相反的方向。

我创造的日子

这是我创造的日子,谁也不能把它夺去。

我只能在黄昏,寂静的荒野在宇宙中穿行,那些变幻的风云,要重新发起暴动,来颠覆我们残缺的梦。

我必须逃出上天的魔掌,在他创造的七日之外,找到安身立命之处,在那里我就是帝王,我要创造出更多的日子,为它们插上五颜六色的翅膀,带人类飞越苦难的重洋。

我创造的日子会跟我说话,它会不断地提醒我,这些全新的日子跟过去那些破旧的日子要彻底决裂,要在新的日子里建造一个鹰的巢穴,学习它们在高空飞翔。

我创造的森林是森林之王,星星的灯盏在牵引,夜莺动情地朗诵着这夜的抒情诗,土拨鼠重重地推开了黎明的曙光。

人类的日日夜夜都由精灵们守护,飞禽走兽是我们的伙伴,陪我们在历史的进程中尽情狂欢;七星瓢虫是我们的诗行,在灵魂的高地或低谷肆意绽放。

我必须创造出新的爱情,是水晶一样透明、钻石一样恒久、黄金一样珍贵的爱,淬炼出的一颗真心,这颗心能拯救众生谦卑的灵魂,能在尘世的灰烬中点燃火焰,能给冰冻三尺的事物以温度,能超越生死抵达真爱。

也许,这样的日子才配得上我们来歌赞,大音希声、大爱无言,我只能默默地把它捧到上苍的面前。

这是我为你创造的日子,在这样的日子里我可以缓慢地前行。

起 航

也许,多少次的起航,都不是真正意义上的起航。那些在母亲的子宫里开启的人生也能算起航,那些呀呀学语与蹒跚学步又何尝不是一种起航,但这都是被命运左右和推动的起航,它显得那样纤细而又柔弱,不堪一击。

那样的起航,经不起风吹,风一吹就掉落下来,风可以随意改变它的方向,它就只能是一片枯叶。那些无形的力可以把它卷入天空,也可以将它投入海洋,让它在随波逐流中荒废掉自己全部的人生。

命运总是在花样翻新着它不可多得的阴谋,而每个人的起航与归途都在它的生死簿上,谁也无力篡改。可是许多对我们最重要的东西,常常是大象无形,你看不到它、摸不到它,可是它却像上苍一样统领着你命运的旦夕祸福。

我多像是一个斗士,想要用白昼与黑夜打造的时间的神器来对抗命运的肆无忌惮,对抗那些邪恶势力的滋生,对抗那些贪婪与愤怒,对抗那些陷我们于不仁不义的懒惰。可是我的对抗是多么的无力,像一滴水想湮灭浩瀚的沙漠。

即使,我的对抗显得无比的荒诞,但那些内心迅速生长的力量还是发起了一场暴动。

是的,我要扬帆起航,我要开始一段不被命运掌控的旅程,即使我还不知道前方会有什么奇异的景象。

生命的激情带动涡轮的旋转,用强大的力推动着我的航船,向着远方、向着太阳,就这样扬帆海上。

觉 醒

也许，只有流血的伤口才能唤醒记忆；也许，只有在历史的血腥中才能找回深藏的愤怒。

一个被践踏的民族，曾经经历了多少屈辱的杀戮，苍天多么无力，无法拯救这么多软弱的灵魂。

一个民族面临着灭顶之灾时，那些奋不顾身的勇士以牺牲者的姿态，用最悲壮的方式为人类救赎。

我从深邃的历史长河中，看见了这样的形象，任人宰割的人们被侵略者驱赶。这些跪着的灵魂被鞭挞被蹂躏被毁灭，我听见了海啸般的哭泣，在风中起，在风中灭。

但最庆幸的是我们中华民族也有铮铮铁骨、有威武不屈的灵魂，有铁肩担道义、妙手著文章，有拯救民族于危难的觉悟，让希望的火种星火燎原。

也许，历史的阵痛会唤醒那些遗忘的记忆，也许自强不息的信念会改变世界的格局，我们相信一切尽在我们的掌握之中，我们必定会成为强者。

听吧，中华民族的最强音在琴键上如朝阳般升起。

自由的呼吸

多么自由的呼吸，让我在这顺畅的呼吸中相遇花瓣、相遇露珠、相遇云朵、相遇冬眠后的第一个清晨，春天的味道在四周弥漫，暧昧的风在这样甜美的呼吸中忽隐忽现。

我在这自由的呼吸中，感到了透骨的新鲜与清凉。是诗、是灵魂深处的光、是冲破一切束缚的力量。

我一度无法呼吸，在那些被浮躁的人心卷起的尘土和雾霾里；我无法呼吸，在那些陈词滥调的条条框框里，在历史的废墟中，我们感到窒息般的煎熬。

那些沉重的呼吸，那么多旧观念的桎梏，我无法在刀刃上行走如履平地。我必须找到能自由呼吸的空气，那些湿漉漉的，带着泥土味道的空气，带着新鲜的麦香味道的空气。我必须打通这样一个通道，让现在的我能给未来的我留下足够干净的空气，让我在自由的呼吸中，回到洁净的自己。

奔跑或停歇

似乎，我一出生就在费力地奔跑，那些别人看不到的奔跑，血液沸腾的状态，喘息着从起点到终点的过程。那些孤独与焦躁，无人倾听的心语，暗夜里一个人艰难地跋涉，那些饥饿、贫穷、疾病和无处不在的死亡，都紧紧跟着我，但我不能停下奔跑的脚步，整个世界在我的脚步中颠簸着、倾斜着、惶恐不安又散发着勃勃生机。

我知道，那些黑暗和寒冷都是暂时的，我的脚步能够赶上春意盎然的事物，比如春天、比如爱情、比如青春。

有时候，我在迷雾中短暂地迷失方向，那我就停下来环顾一下四周，判断一下自己该突围的方向。许多时候，我们不会在迷雾中停留太久。即使是停留，也是片刻的歇息。

奔跑、奔跑，奋不顾身地奔跑、闪电一样地奔跑，我喜欢这样的一种状态，永远积极进取、永不言败，这才应该是我理想的精神状态。

被我遗忘的人或事

多么可怕，我们被时间牵着鼻子，行走在一条不归的路上。我们行走或停下歇息，看路边的风景，亲人们成为我们唯一的力量源泉，我们相互关心、相互取暖，那些爱我们的人或我们爱的人，在我生命里停留或者永远消失，带给我们的爱或痛苦，多么的丰富。

我们沉溺在这五色斑斓的生活里，欢笑或哭泣，那些感动过我们的事情从我眼前经过，走向了远方。是的，那些散落在记忆里的青春、时隐时现的贫穷、捉襟见肘的时间、疲于奔命的理想，都碎落在现实里。

这些色彩缤纷的碎片堆积成了我的生活，有时候我静下心来回想那些被我遗忘了的人和事，我会愧疚，但我知道，我无法挽留那些抽身而去的记忆。

我依然被时间牵着鼻子行走，衰老离我越来越近，我开始怀念过去，怀念那些伤害了我又逼着我成长的往昔，怀念阴阳两隔的亲人和朋友，怀念永远回不去的青春。

我知道，那些被我遗忘的人和事都在某个地方等我，终有一天，我会连自己都遗忘掉吧，用遗忘来终结遗忘。

人生的博弈

这么多命运聚拢在一起，让我看得眼花缭乱、胆战心惊。这么多命运撒落于尘埃，溅起阵阵烟尘，挥之不去。

我们谁也逃不出命运庞大的手掌，谁也无法猜测此刻上苍蛊惑人们的旨意，是福或是祸？我们行走在一条黑暗或光明的道路上，未知像一团谜，遮住了我们的眼睛。

风吹走了一些哭声，又吹走了一些笑声，尘世里找出了一些希望，又凋落了一些希望。

每个人都怀揣着不同的命运，这些命运像一团团乱糟糟、缠绕在一起的线团。那些解不开的结有些注定是死结，而我们并不知道，费尽一生跟一个死结作战到底，谁能知道这早就安排好的错误会耽误我们一生。

人生这盘错综复杂的棋局，一场与自己或与他人的博弈，没有真正的赢家或输家，只不过是一次一个人一生的战斗。

命运苦心经营自己的小九九，给芸芸众生定制了千奇百怪的人生，那些不公平、不均衡，不一样的美丑、不一样的财富、不一样的探险之路，成就了每个人丰富多彩的人生。

那些不甘受人摆布的人们总是奋力反击，就像撞破蛛网的小虫，最后被时间无情吞噬。最后只剩下一张破洞的蛛网，挂在时间的弦上，多么像命运。

一个人的旅程

这些思念是什么时候打入了行囊，我带着它们翻山越岭，要离开这些令人痛苦的现实，用行走抹掉那些刻骨铭心的记忆，然后回到最初的自己。

不知道为什么，离你越远那些潜藏在心底的思念变得越突兀，像悬崖边的一块巨石，在我心头悬着，悬成一柱透明的冰山，那些重、那些轻、那些戳在心里的针。

这些在我心里无中生有的思念，我没有借口输送给你，你也不必参与到我情感的风云变幻，就像一朵花开了谢了，我所经历的情感的磨砺最好不被你知道，这样你会是幸福的。

我关注你的一丝一毫，它超过了我的衣食住行和我对自己的关照，我能抓住的就只有这些琐碎的思念，它像一条毒蛇，盘踞在我心头，分分秒秒都会有致命的危险。

梦里、醒着，我的心被你钉在了石头上，无法逃脱、也无法鼓起勇气把这些醇美如诗的思念，捧献到你面前。

生活的开阔

当我第一次迎着朝阳，在如此浩瀚的水域上行进时，我遇见了平生第一次打开我心扉的那个词：开阔。这是多么豪放又慷慨的一个词，它迎着我，像一位仁慈的父亲，用温暖的光辉照耀我，我就一点点地从那些关闭着的狭小的空间里走了出来，走向开阔。

这一望无际的开阔、这烟波浩渺的开阔、这飞短流长的开阔，我目光短浅的局限被一一瓦解。有时候一粒沙就能迷了我们的眼，一片树叶就能遮挡住一片天空，我们常常被日常琐碎的事物遮蔽了视线，那些假象的东西在覆盖真相，那些黑色的东西在覆盖白。

我们的眼睛已经习惯了被假相欺骗，生活正在狭小的非常态中艰难跋涉，我在阴冷的、灰暗的街角，一次次转弯又遇见那个潦倒的自己，没有别的道路让我走上开阔。

我知道，生活在周而复始地画一个圈，而我是这个圈里不停旋转的陀螺，直到用尽最后一口力气。不，我不能让这个噩梦就这样顺理成章地演变成现实。

放弃一切吧，没有什么能阻止我追梦的脚步，因为有一种新的格局等我来开创，有一个梦幻般的开阔等我来歌赞。

后　记

诗歌之于我，理想与现实的平衡术

我所有的写作，都是为了达到一种内心的平衡，外在世界的冷酷，与我理想的世界产生了巨大的差异，于是我创造了一个新的世界，诗歌的世界。我在这里，可以得到心灵的安宁。

诗歌之于我，就像是一座寺庙，我可以躲在里面静心地修炼，外界的喧嚣与我无关，我在这里找到了心灵的避风港。诗歌，是我一个人的救赎。

诗歌，是我在摇摆不定的现实刀刃上找到的平衡术，在这个千疮百孔的现实世界的一面防火墙，避免受到无谓的伤害。

似乎写诗是无用的，有时候我很长时间都不写诗，好像诗和我没有什么关系，我们保持着若即若离的关系。没有诗的日子，我形神昏聩，意志涣散，我的内心被置于巨大的虚空中，我似乎掉进了一个深渊里，这样的日子被我称为没有光。

有时候，我又忽然开始写诗，我知道这是我内心的召唤，那些埋伏在我生命中的好的、坏的、幸运的、绝望的，这些源源不断涌进我生命的各种元素，在我心的容器里产生着奇妙的化合反应，它们相互碰撞、挤压，相容又相斥，魔鬼与天使的较量，正义与邪恶的博弈，等到它积压到一定程度，就一定会冲破心房，爆发出一道闪电、一道光，我想这就是诗吧！

诗在我心里的样子，是晶莹剔透的，像水晶；是真金不怕火炼的，像黄金；是在地底经过长时间痛苦的挤压淬炼出来的，像宝石。

有时候它又像一只镂空的花瓶，每一个镂空的孔里，都折射出一个奇异的世界。诗远远地在我前方，就像是让我思慕已久的情人，它是那么神秘莫测又扑朔迷离，让我看不清它，但又狂热地痴迷于它，爱而不得又刻骨难忘。

我喜欢自己写诗的样子，凝神聚气，沉浸其中，那一刻我忘记了一切，世界消失了，我消失了，所有的一切都消失了。只有那些长着翅膀能够飞翔的文字，像一个个精灵，那么美，闪烁着光芒，在我的世界里，翩翩起舞，放声歌唱。诗歌带领我到了另一个我从未到过的地方，是谜一样的地方，也像梦或者是美得不可言说的幻境，我幸福地沉浸其中。

有时候我被诗折磨得疲惫不堪，写着写着就没有了方向。似乎永远也攀不到诗歌的峰顶，那种孤独与焦虑，折磨着我，让我一次次重新审视自己，审视这乱麻一样的生活和千疮百孔的命运。

于是我停下来，停下来等一等那些追赶我的诗句，这些新鲜的带着露水的诗句，它们是那样的清新优美，散发着诗意。这些诗句引领我，让我找到一个内心安静又安稳的自己，让我置身于一个花团锦簇、又清新洁净的童话般的世界。

耕耘与收获似乎早已与我无关，诗歌带领我找到了一座内心瑰丽多姿的宝藏，我沉迷在其中，乐不思蜀，忘记了现实世界的刀光剑影与暗流涌动。

在探索诗歌的过程中，我的性情慢慢磨练得临危不乱、宠辱不惊，内心的焦虑与暴躁渐渐变得温润平和，这对我来说是无价之宝。

荆棘与花冠

谁不是披荆斩棘，一路的厮杀，一路的心酸血泪，才走到鲜花盛开的黎明。

一只被世俗的枷锁困住的茧，安静地努力了十年、二十年、三十年，甚至更久，才华丽地蜕变成了一只振翅欲飞的蝴蝶。

我从不抱怨，我曾生活在最低处，偏远、贫穷、人性的善与恶，天灾人祸，生老病死，生活的艰难，层出不穷。幸好我还能在深夜痛哭之后，插上诗歌的翅膀，在精神世界里自由翱翔，用诗歌给我补充的能量，继续清晨赶路。

暴风雨肆虐的日子是有的，乌云密布的日子是有的，可是我的倔强让我等到了雨过天晴，等到了童话里的彩虹。

我庆幸我的专注与执着，十年如一日地热爱着写作，我庆幸我遇到的每一个对手，他们的打击与阻挠，不断增强我抗击打的能力。而更幸运的是，我遇到的良师益友，他们鼓励我提携我，让我坚信自己的天赋，与正义的力量。

没有一条道路是平坦的，而我在这么多年人事的颠簸与煎熬中，终于点亮了一束诗歌的火苗，它虽然微小，但却能温暖我，照耀我未来的路。

我遇到的寒冷、灾祸、疾病、死亡，这些埋伏在我生命里荆棘丛生的灾难与痛苦，让我一次次地摔倒，又一次次地爬了起来。我知道，哭泣是没有用的，但我还是靠着它来洗刷内心的脆弱与挫败，让我的心炼成铁，又炼成钢。

命运从未垂爱过我，但又如此的垂爱于我。在命运的千锤百炼中，我的心智磨砺得更加成熟。

我知道，我就是一个神奇的魔法师，用一次次将我绊倒、一次次划伤臂膀的荆棘，编织了一顶诗歌的花冠，戴在了出生微寒的自己的头顶。

还有什么比这更幸运的事？我一生孜孜不倦地追逐着诗歌创作，就像追逐一个永远爱而不得的恋人，不改初心。

探索诗歌的过程中，我修炼出了两重心：灵心与慧心。诗人原本就是拿着显微镜看世界的人，我的心在静与动之间，更深刻地洞穿很多很细微的事物。

这些小如微尘、小如蝼蚁的事物，它们借助诗歌的力量，变得强大。而弱小无依的我，凭借这些精灵一样飞翔的文字，找到了令我心灵安宁的精神富矿，这是我一个人的世外桃源。

我所拥有的，也许正好是你所经历的，美好的诗歌，美好的情怀，美好的憧憬，让我们共同拥有。

在此，我要特别感谢新疆兵团第八师石河子市党委组织部和第八师石河子市文联给予我的大力支持，衷心感谢支持鼓励我诗歌创作的领导及良师益友们的帮助，才使这部诗集得以顺利出版。

图书在版编目(CIP)数据

荆棘与花冠 / 徐丽萍著. -- 五家渠:新疆生产建设兵团出版社, 2020.12(2024.4重印)

ISBN 978-7-5574-1537-2

Ⅰ. ①荆… Ⅱ. ①徐… Ⅲ. ①诗集-中国-当代 Ⅳ. ①I227

中国版本图书馆 CIP 数据核字(2021)第 000747 号

责任编辑:王学得
责任校对:海　燕

荆棘与花冠

出版发行	新疆生产建设兵团出版社
地　　址	新疆五家渠市迎宾路 619 号
邮　　编	831300
电　　话	0994—5677185
发　　行	0994—5677116
传　　真	0994—5677519
印　　刷	永清县晔盛亚胶印有限公司
开　　本	16 开
印　　张	12
字　　数	100 千字
版　　次	2020 年 12 月第 1 版
印　　次	2024 年 4 月第 2 次印刷
书　　号	ISBN 978-7-5574-1537-2
定　　价	52.00 元